마법의 지팡이

장세련 글 · 박다솜 그림

푸른사상
PRUNSASANG

푸른사상 동화선 09

마법의 지팡이

1판 1쇄 2017년 9월 18일
1판 2쇄 2018년 6월 15일

지은이 · 장세련 글, 박다솜 그림
펴낸이 · 한봉숙
펴낸곳 · 푸른사상사

주간 · 맹문재 | 기획위원 · 박덕규
편집 · 지순이 | 교정 · 김수란
등록   제2-2876호
주소   경기도 파주시 회동길 337-16 (서패동 470-6) 푸른사상사
대표전화   031) 955-9111~2 | 팩시밀리 031) 955-9114
이메일   prun21c@hanmail.net
홈페이지   www.prun21c.com

ⓒ 장세련 · 박다솜, 2017

ISBN 979-11-308-1215-1 04810

값 13,900원

푸른사상 동화선 09

마법의 지팡이

장세련 글·박다솜 그림

작가의 말

어린이 여러분.

여러분은 어떤 소원이 있나요? 단 한 가지 소원만 들어주는 마법의 지팡이가 생긴다면 어떨까요? 그런 지팡이가 있다면 어떤 소원을 빌 것인지 정말 궁금해요. 궁금증을 견디지 못해 어린 친구들로부터 소원 쪽지를 받아 본 적이 있어요. 어린 친구들의 소원은 저마다 달랐어요.

공부 잘하게 해 주세요.

죽지 않고 영원히 살고 싶어요.

천하장사처럼 힘 센 사람이 되고 싶어요.

돈을 많이 벌어서 어려운 사람을 도와줄 거예요.

세상에서 가장 예쁜 사람 되게 해 주세요.

언제나 건강하게 살고 싶어요.

우리 부모님이 건강하게 오래 살았으면 좋겠어요.

소원은 갖가지였어요. 대부분 잘 살고 싶은 마음이 담

긴 소원들이었어요.

  그런데 동생이나 형, 언니나 오빠가 없었으면 좋겠다는 소원 쪽지도 있었어요. 생각하면 빌어서는 안 될 소원이지만 선생님은 그 마음을 알 것 같았어요. 오래전에 그런 소원을 가졌던 어린 소녀의 모습이 떠올랐거든요.

  소녀는 가끔, 정말 아주 가끔 세 살 터울의 오빠가 없어졌으면 좋겠다는 소원을 남몰래 품었어요. 툭하면 오빠한테 맞았는데 그럴 때마다 속이 많이 상했지요. 그렇다고 같이 대들어서 때릴 수는 없었어요. 힘도 없었지만 오빠를 때리는 건 부모님께 크게 꾸중을 들을 일이니까요. 부모님이 가장 강조한 것이 형제간의 우애였거든요. 동생이 오빠한테 대드는 건 우애를 망가뜨리는 일이라는 생각을 했던 거지요.

  그러다가 딱 한 번 소원을 이룬 적이 있었어요. 꿈속에서였지요. 오빠가 정말 흔적도 없이 사라진 거예요. 여행을 간 것도 아니고 잠시 외출을 한 것도 아닌데 오빠가 연기처럼 사라진 거였어요. 소녀는 무엇이든 마음대로 할 수가 있었어요. 툭하면 심부름을 시키는 오빠가 사라지고 나니 책도 마음대로 읽었지요. 오빠의 짜증 때문에 늘 눈치를 봐야 했는데 그럴 필요도 없어졌어요. 소녀는 마냥 홀가분했어요.

꿈을 깨고 나서도 소녀는 가끔씩 그런 꿈을 다시 꾸려고 애를 썼어요. 꿈이 마음먹은 대로 꾸어지는 것이 아닌데도 말이에요. 현실에서는 오빠가 사라지는 일이 절대로 일어날 수가 없는 일이어서 꿈에서라도 다시 소원을 이루고 싶었지요.

그러던 어느 겨울날, 오빠에게 큰일이 일어났어요. 오빠가 물에 빠진 옷을 말리려고 불을 피웠다가 다리에 심한 화상을 입은 거예요. 소녀는 오빠한테 왠지 미안했어요. 마치 자신이 그렇게 되기를 빌기라도 한 것처럼 죄를 지은 마음이었어요. 오빠의 방학 숙제를 도와서 학교에 갖다 내면서 소녀는 새로운 소원을 갖게 되었어요. 오빠가 빨리 낫는 것이지요. 다행히 다리에 보기 싫은 흉터가 크게 남았지만 오빠는 정상적으로 걷게 되었어요.

오빠의 신경질은 더 늘었어요. 성격도 더 까다로워졌지요. 소녀뿐만이 아니라 모든 가족이 오빠의 눈치를 보는 날이 늘었어요. 소녀가 더 힘들게 된 것은 두말할 필요도 없지요. 그렇지만 소녀는 다시는 오빠가 없었으면 좋겠다는 소원을 품지 않게 되었어요. 신경질을 많이 내도, 주먹질을 해도 건강한 오빠가 있는 것이 가족의 행복이라는 걸 깨달았거든요. 오랜 세월이 지난 지금 소녀와 오빠는 둘도 없이 친한 남매지간이 되었답니다.

　형제나 자매는 부모님 다음으로 가까운 사이예요. 그러면서도 어쩌면 가장 많이 다투는 사이기도 해요. 그럴 때마다 부모님은 늘 사이좋게 지내라고 하지요. 하지만 다툰다는 게 꼭 나쁜 건 아니에요. 다툼은 서로 생각이 달라서 일어나는 것이거든요. 그런 다툼을 통해서 문제 해결 능력을 익히고, 이전의 관계에서 부족했던 부분도 깨닫게 되지요. 그런 다음엔 누구보다 더 친해지는 것이 형제 자매랍니다.

　『마법의 지팡이』를 읽으면서 생각해보세요. 단 한 가지의 소원을 들어주는 지팡이가 생긴다면 어떤 소원을 빌어야 가장 좋을까. 선생님의 소원은 정해졌어요. 어린이 여러분이 이 책을 읽고 세상을 아름답게 하는 데 도움이 되는 예쁜 소원을 한 가지씩 갖게 되었으면 하는 것입니다. 이런 소원으로 어린이 여러분을 만나고 아름다운 상상을 함께 할 수 있도록 예쁜 책을 만들어 준 푸른사상사도 날마다 조금씩 커 갔으면 좋겠습니다. 예쁜 그림으로 이야기를 돋보이게 해 준 박다솜선생님도 함께요.

2017년 첫여름 솔향기 머무는 괘릉리에서
장 세 련

작가의 말

차례

언니나 오빠, 혹은 형이나 누나
또는 동생이 억지를
부리면 어떻게 하나요?

억지 대장 오빠

오빠는 정말 왕재수다. 나하고는 통하는 게 하나도 없다.

야! 우리가 남매가 맞긴 맞냐?

야! 저리 가!

야! 이것 좀 치워.

야! 이게 진짜?

야! 너 정말 재수 없어!

오빠가 나한테 아주 많이 하는 말들이다. 오빠한테 나는 이름이 없다. 그냥 "야!"다. 툭하면 나한테 시비다. 특히 자주 하는, 남매가 맞느냐는 말은 내가 하고 싶은 말이다.

땀을 쫄쫄 흘리며 축구공을 차던 오빠가 돌아온 건 해거름 무렵이었다.

"야! 너 선행 학습 해서 6학년 수학 잘하지?"

대충 씻고 나온 오빠가 물었다. 속셈이 보이는 물음이라 경계심부터 생겼다.

"선행 학습 한 거 아냐. 하다 보니 알게 된 거지."

"어쨌든! 그럼 어디 이거 풀어 봐."

오빠가 수학 문제집을 펼쳐서 내밀었다. 슬쩍 넘겨다 보니 비율을 백분율로 나누는 문제였다. 간단한 문제지만 내키지 않았다. 무엇보다도 얄미운 오빠의 숙제여서 싫었다.

"그걸 내가 왜 풀어? 오빠 숙제 아냐?"

"다 알잖아? 근데 왜 못 해 줘?"

"글쎄, 오빠 숙제잖아."

"너 선행 학습 한 거 확인해 봐야지."

능글거리는 오빠. 정말 얄미웠다.

"그런 거 한 적 없다니까! 그리고 그걸 왜 오빠가 확인해?"

오빠의 손을 밀쳤다. 문제집이 툭 떨어졌다.

"오빠니까 확인하려는 건데 왜 때려?"

발등에 떨어진 문제집을 갖고 또 시비를 걸었다.

"왜 또 툭탁거려?"

막 퇴근한 아빠가 물었다.

"아, 아니에요."

"아니긴 뭐가 아냐? 실컷 놀고 와서 나한테 숙제해 달래 놓고."

내가 오빠의 말을 무시했다.

"뭐야? 네 숙제를 왜 수현이가 해?"

"안 그랬어요. 저게 아빠만 보면 이상한 고자질이야."

"그래. 알았다. 안 그랬으면 됐고! 지현인 들어가서 숙제해."

막 벌어지려던 싸움판이 아빠의 등장으로 별일 없이 마무리된 거다.

"아빠는 왜 만날 수현이 편만 들어요?"

불만 가득한 얼굴로 오빠가 툴툴거렸다. 내 편인 아빠가 못마땅한 것이었다.

"편은 누가 누구 편을 든다는 거야? 네가 그렇잖아! 무슨 일이든지 미루고,
안 되는 일은 수현이 핑계나 대고! 남자가 그러면 안 된다는 말은 안 하겠다만,

일 미루는 버릇, 그거 어른 돼도 못 고
친다.”

“놀고 나서 하려고 했는데 자꾸
깜빡한단 말이에요!”

“그게 그 소리 아냐? 하고 노나,
놀고 하나 같은 거라면 하고 놀아
야지. 깜빡하는 버릇 있으면 특히!”

아빠한테 된통 걸린 오빠, 깨소
금 맛이다.

할머니 표현을 빌리자면 오빠는 입이 댓
발은 나와서 방으로 사라졌다. 쌤통이다. 아빠 덕
분에 답답하던 속이 확 뚫렸다.

‘약 오르지?’

아빠한테 혼나고 방으로 사라지는 오빠한테 날름, 혀를 내밀었다. 씨근덕거
리는 오빠를 보자니 통쾌했다.

오늘 할머니가 왔는데 이 정도에서 참은 것은 아빠 덕분이었다. 할머니는 무
조건 오빠 편이다. 아무리 말도 안 되는 일 앞에서도 오빠를 두둔한다. 시골에
살아서 자주 오지는 않지만 할머니가 오는 날이면 오빠가 더 싫어진다.

더는 오빠한테 맞지 않을 것이다. 실컷 약만 올리고 발을 빼는 작전은 비교적
성공하고 있다. 내가 이 작전을 깨달은 건 작년 내 생일 때였다.

마침 토요일이어서 엄마가 생일상을 차려 주었다. 치킨에 떡 케이크를 주문하고, 김밥과 떡볶이, 피자는 엄마가 손수 만든 것이었다.

"우리 딸내미 생일 파티를 끝까지 못 봐서 미안하네."

생일상만 차려 주고 나가면서 엄마는 미안해했다.

"괜찮아. 호스피스 봉사하러 가는 날인데 내가 미안하지, 뭐."

괜찮다고 했지만 반은 사실, 반은 마음을 숨긴 말이었다. 사실 절반쯤은 서운했다.

엄마는 내 생일상을 차려 주고 바로 집을 나갔다. 매월 넷째 토요일은 호스피스 봉사를 하는 날이다. 엄마가 다니는 은행의 가톨릭 동호회에서 하는 봉사 활동이다.

제일 먼저 온 건 지유였다. 인터폰에 나타나는 지유의 얼굴을 보았을까, 오빠가 문을 열어 주고는 바보같이 히죽 웃었다.

"오빠, 안녕?"

지유가 생긋 웃으며 먼저 인사를 건넸다. 웃는 모습이 환하고 예뻤다. 오늘따라 입은 옷도 하얀 레이스가 달린 공주 원피스다. 오빠는 지유를 쳐다보며 엉거주춤 서서 괜스레 뒤통수를 만지작거렸다. 어이구, 저 바보! 하마터면 내 입에서 그런 말이 튀어나올 뻔했다. 어색한 표정으로 오빠가 서 있을 때, 곧이어 다른 친구들이 몰려 들어왔다.

"오빠, 안녕?"

"어? 형도 있었네."

나희와 재원이까지 인사를 하자 오빠는 그제야 손을 들며 멋쩍게 맞았다.

"그, 그래, 반갑다. 잘들 놀아."

오빠가 한 말은 그게 다였다. 지유를 다시 한 번 바라보고는 슬그머니 방으로 들어가 버렸다.

문제는 친구들이 돌아간 뒤에 터졌다.

"야! 다 갔냐?"

그때까지 거실 쪽엔 얼씬도 안 하던 오빠가 방문을 빠끔히 열었다. 가슴이 철렁했다. 그동안이라도 방 안에서 꼼짝도 안 한 건 여간 다행한 일이 아니었다. 친구들 앞에서도 심통을 부릴까 봐 조마조마한 내 마음을 오빠가 헤아린 건 아니지만 말이다. 지유가 있어서 낯을 가렸던 건데 또 무슨 심통을 부릴지 신경이 쓰였다.

"야! 너 이거 안 치워?"

아니나 다를까, 내 조바심은 조금도 빗나가지 않았다. 대답도 없이 생일상을 치우는 나한테 오빠가 소리를 빽 질렀다. 손으로는 거실 장식장 앞에 모아 둔 선물 꾸러미를 이리저리 흩고 있었다. 말도 안 되는 트집이었다. 엄마 아빠가 없으면 더 심해지는 오빠의 심통에 슬슬 짜증이 났다.

"왜? 뭐? 네까짓 게 째려보면 어쩔 건데?"

쏘아보는 내 눈과 마주친 오빠의 목소리가 조금 작아졌다.

'으이그~ 내가 엄말 봐서 참는다.'

끙, 속으로 오빠에 대한 미움을 누른 채 친구들의 선물을 주섬주섬 챙겼다.

그런데 한 아름에 다 안을 수가 없었다. 많기도 하지만 선물의 크기도 다 달랐다. 차곡차곡 얹으려고 해도 한두 개씩은 자꾸 떨어졌다.

"오죽하면 이런 걸 주냐?"

떨어진 선물을 집어 든 오빠가 이죽거렸다. 지유의 편지와 함께 들어 있는 휴대용 연필깎이였다.

"이리 줘."

다른 대꾸는 하고 싶지도 않았다. 생일잔치의 들뜬 기분을 망치고 싶지 않다는 생각뿐이었다.

"지유가 너하고 친한 건 맞아? 툭하면 연필심이나 잘라 먹는 이 따위 걸 주냐? 앞으로는 너랑 관계도 연필심처럼 뚝뚝 끊어 절교를 하겠다는 걸 선물로 포장한 거네."

맘대로 포장을 뜯어서 편지까지 읽은 오빠는 연필깎이를 손바닥에서 던졌다 받곤 했다.

"걱정 마시지 말입니다."

"심히 걱정된다는~. 네 성깔에 몇 안 되는 친구까지 없어지면 나한테 찍자 붙을까 봐."

오빠의 말이 어처구니가 없었다. 친구가 없는 게 누군데 또 억지를 쓰는지 기가 막혔다.

"사람들은 이상해. 진실을 얘기하면 꼭 화를 내더라."

한참을 째려보는 나를 향해 오빠가 유들유들 웃었다. 다리까지 흔들흔들했다. 작은 몸집에는 어울리지 않는 몸짓이었다. 화가 머리끝까지 치밀어 올랐다. 일부러 그러는 건 줄 알면서도 약이 올랐다.

"그럼 나도 진실 얘기해 볼까? 친구도 하나 없는 게!"

"내가 왜 친구가 없어? 내 생일 때 못 봤냐?"

뜻밖의 공격을 받은 오빠의 낯빛이 변했다.

"그게 친구야? 싸구려 선물 갖고 와서는 건담이나 뺏어 가는 게?"

"야! 누가 뺏어 가? 내가 준 거지!"

"비싼 건데 뺏긴 걸 알면서도 엄마한테 말 안 한 게 내가 오빠 말을 진짜로 믿어서 그런 줄 알아?"

나는 눈을 가늘게 떴다. 당황한 오빠의 모습이 같잖았다.

"너, 너 그게 무슨 말이야?"

"친구들한테도 기를 못 펴는데 엄마한테까지 혼날까 봐 불쌍해서 봐준 것도 모르고."

"뭐야? 이, 이게 정말!"

한심하다는 듯한 내 말에 오빠가 발끈하며 말을 더듬었다. 나는 씨근덕거리는 오빠를 못 본 체하고 남은 선물들을 주섬주섬 챙겼다.

언젠가 학교에서 오다가 본 걸 얘기한 것이다. 그때 키가 큰 네 명의 친구들 사이에 낀 오빠는 유난히 작아 보였다. 그런 오빠가 내 눈에는 마치 덧니 같았다. 촘촘하게 자리 잡은 이의 틈에 삐어져 나온 덧니처럼 오빠는 어색했다. 어깨동무를 했는데도 오빠가 어딘지 주눅 들어 보였다.

"야!"

못 본 척 지나쳤는데 오빠가 불렀다.

"왜애?"

심드렁한 표정으로 오빠를 돌아보았다.

"너 돈 있으면 내놔 봐."

오빠가 손을 내밀었다.

"내가 돈이 어딨어?"

"있잖아! 아침에 봤는데? 배고파서 그래. 줘 봐."

오빠가 내 팔을 잡아당겼다. 오빠 친구들이 옆에서 빙글거렸다.

"그거 준비물 샀단 말이야."

오빠한테만 들리도록 낮게 말했다.

"누구야? 어? 정지현 동생이잖아?"

내 말에 오빠 친구가 거들었다.

"마, 맞아."

오빠가 말을 더듬었다.

"나 알지? 한수오. 얘는 최수형. 저번 정지현 생일 때 봤잖아."

"……."

나는 고개만 까딱했다.

"햐~. 근데 동생 맞아? 몇 학년이야? 엄청 크다."

"4학년……."

오빠가 말끝을 흐렸다. 나한테 시비를 붙을 때와는 딴판이었다.

"야, 어디 가면 네 누나라고 해도 믿겠다."

벌써 여드름이 숭숭 돋은 한수오가 내 어깨를 툭툭 쳤다. 한수오는 오빠 생일에 우리 집까지 왔던 오빠 친구였다. 그제야 오빠가 아끼는 프라모델을 가져갔던 생각이 났다. 기분이 나빴다.

"나 먼저 간다. 학원 늦었어."

오빠한테 핑계를 대고 얼른 그 자리를 벗어났다. 뒤에서 웃음소리가 들렸다.

그날 친구들 앞에서는 고분고분하던 오빠 모습을 생각하니 화가 치밀어 올랐다.

"네가 오빠야? 이 왕재수 곰팡이 찐따에 순 왕건달 억지 대장!"

나는 내 방까지 따라 들어온 오빠한테 짜증을 냈다.

"이, 이게 정말? 너 방금 뭐라고 했어?"

오빠가 말을 더듬으며 화를 냈다. 조금 전까지 유들거리던 오빠가 아니었다. 나는 입을 꼭 다물었다.

"이, 이게 보, 보자보자 하니까……."

오빠가 책상 위의 선물들을 바닥으로 밀쳤다. 선물을 흩고도 화가 안 풀렸는지 오빠는 수첩을 집어 나에게로 던졌다. 재빨리 피했지만 수첩은 내 어깨에 맞고 떨어졌다. 작은 수첩인데도 귀퉁이에 맞아서 그런지 맞은 곳이 꽤 아팠다. 속은 더 상했다.

"……!"

고개를 홱 돌려서 오빠를 노려보면서 마음을 가다듬었다.

'이럴 때 마법 지팡이라도 있으면 좋겠다.'

할머니의 지팡이를 볼 때마다 품었던 소원. 그 지팡이로 오빠를 흠씬 두들겨 패는 상상을 했다. 하지만 그건 이루어질 수 없는 소원일 뿐이었다. 더구나 할머니의 지팡이라면 내 것이 될 리가 없었다.

지난 일을 떠올리니 한편으론 오빠가 안됐다는 생각도 들었다. 오빠는 자신을 몰라도 너무 모른다. 키도 작고 덩치도 작은데 자기가 아주 힘이 센 줄 안다. 나하고 싸울 때마다 주먹질을 하는 건 정말 참기 힘들지만 그런 오빠가 조

금은 딱했다.

"시간 내서 좀 해 주면 되지, 그기 뭐 대단한 일이라꼬?"

산책 갔다 오던 할머니가 다 끝난 일을 다시 거들었다. 주머니에 넣어서 다니고 싶을 만큼 귀한 오빠가 툴툴거리는 소리를 들은 것이 틀림없었다.

"할머니가 자꾸 그러니까 오빠가 저런다고!"

"지현이가 을라(아기) 때부터 잘 못 묵어서 몸이 약하다 아이가?"

할머니가 등산용 지팡이를 신발장에 세우면서 중얼거렸다.

"그거하고 숙제하고 무슨 상관이라고."

단물이 빠진 껌을 뱉듯 혼잣말을 뱉은 내가 돌아섰다.

"니가 연년생으로 나오는 바람에 젖배를 곯아서 약한 거 아이가? 니가 참아라."

"할머니! 그게 왜 내 탓이야? 분유 먹고 자란 건 나도 마찬가지에 나는 할머니한테 구박까지 받고 자랐다고!"

나를 붙잡은 할머니의 말에 고개를 확 돌렸다.

"엄마, 아이들 일에 엄마가 왜 자꾸 나섭니까? 자, 들어갑시다."

아빠가 웃으며 할머니의 등을 감싸 안고 떠밀었다.

오빠가 억지 대장이 된 건 따지고 보면 다 할머니 때문이다. 나 때문에 오빠가 젖배를 곯았다는 말은 귀가 따갑도록 들었다. 이제는 나조차도 그 말에 고개를 끄덕이게 되는 건지 웬만한 억지는 참고 넘길 정도다. 할머니는 뭐든지 나한테만 참으라고 한다. 그럴 때마다 하는 말이 있다. 오빠가 몸이 약했다는 타령이다. 병치레가 잦은 데다, 내가 오빠 것까지 다 뺏어 먹었단다. 나는 어릴 때부터 하도 드세서 오빠의 입에 먹을 게 들어가는 꼴을 보고 있지 않았다는 거다. 몸도 약한 오빠를 밀치고 뺏어 먹은 적이 한두 번이 아니라는데 나는 기억에도 없는 일이다. 정말 기분 나쁘다.

"자(쟤)가 을라 때부터 힘이 보통 쎘나, 어데? 지 오빠 젖까지 못 먹게 바로 생겨서……."

"엄마, 쫌! 그런 말은 그만해요! 그게 왜 수현이 때문입니까?"

민망해진 아빠가 소리를 지르고 말았다.

할머니와 아빠가 거실 쪽으로 들어간 뒤 입술을 깨문 나는 가만히 현관 쪽으로 갔다. 할머니가 짚고 다니는 등산용 지팡이가 보였다. 흥분한 할머니가 지팡이를 흔들면서 혼내던 모습이 떠올랐다. 다시 화가 났다.

나는 지팡이를 한참 노려봤다. 할머니의 지팡이는 마법 지팡이 같다는 생각이 들었다.

'나도 누구한테나 휘두를 수 있는 지팡이라도 있었으면 좋겠다.'

속으로 중얼거리곤 피식 웃었다. 그런 게 있을 리가 없다는 걸 알기 때문이다.

시골 집에서 할머니는 유모차를 밀고 다닌다. 다리에 힘이 없어서란다. 어쩌다 우리 집에 올 때면 지팡이 없이는 아예 외출을 하지 않는다. 그런데 지팡이만 있으면 할머니는 산책을 하고 기운도 펄펄 나는 것 같다. 지팡이만 없으면 할머니도 힘을 못 쓸 것 같았다.

"에잇! 부러져라."

들릴 듯 말 듯 투덜거리면서 할머니의 지팡이를 발로 툭 찼다. 타닥, 지팡이가 넘어지는 소리가 났다. 그 소리를 감추려고 탁 소리가 나도록 현관 중문을 얼른 닫았다.

"무슨 딸아가 저마이(저만큼이나) 드세노?"

나를 싸고도는 아빠의 불평에 놀랐던 걸까, 거칠게 현관 중문 닫는 걸 보았을까, 할머니가 다시 혼잣말처럼 투덜거렸다. 할머니를 보는 내 눈길이 고울 리

가 없었다.

"수현이가 어디가 드셉니까? 똘똘하기만 한데요."

아빠가 할머니를 달랬다.

"애비 니도 그러는 거 아이다. 나라가 잘 될라카마 모름지기 남자들 기를 세워 주야지. 요새는 우예 된 기 온통 여자들 목소리만 큰지 모리겠다."

"엄마도 여자면서 왜 그래요, 진짜?"

아빠 옆에 오도카니 서 있는 내 어깨를 감싸며 아빠가 할머니를 향해 유들유들 웃었다.

"난 여자라서 다 참고 살았어도 하나도 억울한 거 엄따. 우옛든동(어쨌든) 수현이 고집은 좀 꺾어야 한대이."

오빠 편만 드는 데다 뜻을 굽히지 않는 할머니가 정말 미웠다. 아빠의 눈치를 살피면서 할머니한테 눈을 흘겼다.

"하이고~ 저 눈 좀 보거래이. 하이고~ 무서버라."

나와 눈이 마주친 할머니가 고개를 절레절레 흔들었다.

나한테 퍼붓는 할머니의 지청구를 들었는지 오빠가 문을 빠끔히 열었다.

할머니를 흘겨보던 눈길을 얼른 오빠한테로 돌렸다. 오빠가 혀를 날름 내밀었다. 그러고는 아무 일도 없다는 듯 내 어깨를 슬쩍 건드렸다. 신경이 바짝 곤두섰다. 내키는 대로 하라면 콩, 쥐어박고 싶었다.

'으이그~ 성질대로 하면 저걸 그냥!'

속으로 몇 번을 으르다가 고개를 돌려 버렸다. 내 머릿속에는 어쨌거나 할머니가 빨리 시골로 갔으면 좋겠다는 생각만 가득했다.

더럽고 짤막한 지팡이

일요일 아침, 터덜터덜 집을 나섰다. 막상 나왔지만 마땅히 갈 데가 없었다. 기껏해야 아파트 놀이터로 가는 내내 속이 부글거렸다. 잔뜩 화가 난 채여서 한숨만 나왔다.

훌라후프를 꺼내다가 오빠랑 싸웠다. 프라모델 중 하나인 퍼스트 건담 때문이었다. 거실 장식장에 꽤 많이 있는 프라모델 중 하나인데 오른손에 든 칼이 쑥 튀어나와 있었던 모양이다. 그걸 보지 못한 채 세워 두었던 훌라후프를 꺼내다가 떨어뜨린 것이다. 조립해 놓았던 퍼스트 건담은 툭탁 소리를 내면서 분해가 되었다.

"너 나한테 감정 있지?"

놀라서 얼른 주워 든 나를 오빠가 다그쳤다.

"실수한 거잖아?"

낮게 쏘아붙이는데 할머니가 방에서 나왔다.

"너거는 우예 된 기 눈만 마주치마 싸우노? 암만 캐도 전생에 웬수지간이었던 기라."

어처구니 없는 말에 할머니를 힐끗 보았다.

"전생에 웬수였던 사람들은 만날 때마다 싸운다는 기라. 전생에서 다 못 푼 원한을 이생에서 풀라꼬 그런다 카더라. 그럴 때는 마, 여자가 쪼매만 참으마 조용해진다."

툭하면 하는 할머니의 말에 기가 막혔다. 전생이라니 말도 안 된다 싶었다. 여자가 참으면 조용해진다는 말도 어이가 없었다. 그런 소리를 하는 할머니가 너무 옛날 사람 같았다. 그럴 때면 내 참을성도 바닥을 드러내곤 했다.

"할머니가 자꾸 그러니까 오빠가 더 난리라고!"

나는 할머니를 향해 악을 썼다.

"야가 기차 화통을 삶아 묵었나? 딸내미 목소리가 와 이리 크노?"

답답해서 소리를 지르는 나를 할머니가 흘겨보았다.

"딸내미 목소리가 뭐? 목소리 커서 발표만 잘하는데!"

한 번 더 쐐기를 박았다.

일이 생길 때마다 오빠 편만 드는
할머니, 정말 지긋지긋했다.

'으이그~ 전생은 무슨! 이런데도
케케묵은 얘기로 나만 참으라고?'

속으로 투덜거리면서도 참을 수
밖에 없었다.

그러면서도 점점 할머니의 말이
어쩌면 사실인지도 모른다는 생각이
들었다. 오빠가 억지 대장인 걸 보면 분명 전생
에 적국의 대장이었을 것 같았다.

"옛날에는 농사를 짓고 살아야 해서 남자가 많이 필요했거든. 힘 써야 되니까."

"칫! 오빠처럼 약한 남자가 무슨 농사를 짓는다고."

성당에 갈 준비를 끝낸 아빠가 달래듯 하는 말에 내가 살짝 입을 삐죽거렸다.

"그기 아이다. 남자가 있어야 대를 잇기 때문이제."

아빠와 속삭이는 걸 언제 들었는지 할머니가 돌아보며 말을 보탰다.

"여자는 아무 소용이 없는 기라. 시집가마 남의 식구 되는 기 여자다 아이가.
요즘이야 세상이 좋아져서 아들 딸 구별 말자고 하지만 어데 그렇나?"

오빠한테 자주 들었던 말만큼이나 자주 들은 말. 할머니는 또 여자는 아무 소
용이 없다는 논리를 펼쳤다.

"예예, 엄마. 누나들 넷 낳고 나 못 낳을까 봐 맘 졸인 얘기 또 나오겠네. 그

만합시다."

아빠가 너스레를 떨었다.

"그러면서도 할머니는 우리가 시골에 가면 옥수수도 나한테 꺾으라고 하고, 감자 캘 때도 나한테만 시키면서?"

"으이그~ 쯧쯧쯧! 도대체 누굴 닮은 건지……."

조금은 누그러진 내 말에 할머니가 혀를 찼다. 아주 한심하다는 표정이었다. 그런 할머니가 얼마나 답답한지는 생각도 안 하는 것 같았다.

"자가 암만 캐도 지 고모들을 닮은 기라. 니 누나들이 얼마나 드세드노?"

물 한 컵을 챙겨 든 할머니가 나와 아빠를 번갈아 보았다.

"그래서 내가 할 일 누나들이 많이 도와줬잖아요? 난 누나들이 씩씩해서 좋기만 하던데. 가만! 근데 누나들은 누굴 닮았을까요?"

할머니를 빤히 들여다보면서 하는 아빠의 대꾸에 장난기가 가득했다.

"그라믄 니 누나들이 날 닮았다는 기가?"

할머니의 눈꼬리가 올라갔다.

"아이구, 우리 엄마 또 삐치셨네. 우리 엄마는 저게 장점이야. 삐치긴 해도 자신을 너~무 잘 아시는 거."

아빠가 할머니의 어깨를 가볍게 흔들었다.

내가 고모들을 닮았다는 말이 기분 좋지는 않았다. 고모들은 솔직하고 하나같이 시원시원한 성격이다. 고모들의 이런 면이 좋기는 하다. 그래도 목소리가 크고 괄괄한 데다 덜렁거리는 고모들이 우리 집에 왔다 간 뒤면 낯선 물건 한두 개씩은 꼭 남곤 했다. 내가 그런 고모들을 닮았다니 말도 안 된다.

생각도 촌스럽고 행동도 답답한 할머니. 마치 조선 시대에서 막 빠져나온 사람 같다.

"할머니는 진짜 이상해. 할머니, 혹시 전설의 고향에서 왔어?"

답답해진 나는 한숨을 폭 쉬었다.

"야가 이건 또 무신 소리고?"

"만날 전생타령이잖아. 아!
몰라! 오빠랑 내가 전생에
원수였다면, 할머니도 나
랑은 전생에 원수였나 봐."

"다 저 잘되라고 하는 말
인데 그마이(그리도) 고깝나?"

할머니도 가볍게 한숨을
쉬었다.

"할머니도 오빠랑 한 편이잖아. 나랑은 적군이라고!"

"자, 자, 자, 자가 와 저라노? 마, 퍼뜩 저거나 치우거라."

쐐기를 박는 내 말에 할머니는 기가 막힌다는 듯 말을 더듬었다. 나는 프라모
델이 떨어진 거실 바닥만 내려다보았다.

여자가 참으만 조용해지는 기라.

세월이 아무리 흘러도 여자는 남자를 이길 수가 없는 기라.

머니 머니 해도 대를 잇는 건 아들 아이가?

할머니한테 들었던 기가 막힌 말들이 글자 퍼즐처럼 바닥에 박히는 것 같았다.

이런 생각 때문일까. 할머니와 같은 공간에 있으려니 가슴이 콱, 막히는 것처럼 답답했다. 엄마 아빠까지 집을 나서면 오빠랑 할머니까지 있는 집 안에 있는 건 나만 속 터질 일이어서 나도 집을 나가기로 했다.

하지만 무작정 나온 길이라 옷도 제대로 챙기지 않은 채였다. 아침 공기는 쌀쌀했다. 몸이 옹송그려졌다.

이제 막 10월로 접어든 놀이터는 조금씩 가을이 시작되고 있었다. 앙증맞은 미끄럼틀과 그네들을 둘러싸고 자라는 나무들이 빠르게 초록빛을 걷어 내는 중이었다. 잔바람에 흔들리는 나뭇잎의 색깔이 참 순해 보였다. 그 나무들이 오소소한 마음을 견디는 데 도움이 되는 것 같았다.

미사가 끝나고 엄마 아빠가 집에 오려면 적어도 한 시간 반은 지나야 한다. 좀 추웠지만 그때까지는 어쩔 수가 없다. 햇살이 드는 놀이터 그네에 앉아 흔들거리면서 핸드폰이나 만지작거릴 수밖에.

'그네나 타야겠다, 몸을 좀 움직이면 나을 거야.'

그네 쪽으로 가는데 버려진 무엇이 눈에 띄었다. 지팡이였다.

"무슨 지팡이지?"

중얼거리면서 발로 슬쩍 건드렸다.

"뭐야? 꼭 마법사의 지팡이 같네. 근데 왜 이렇게 짤막해?"

책에서 그림으로 본 듯한 지팡이였다. 궁금했다. 집어서 이리저리 살폈다. 구부정한 것이 마법사의 지팡이 같았다. 하지만 그렇게 생각하기에는 길이가 짤막해서 이상하긴 했다. 마치 꼬리가 짤막한 길고양이 알콩이를 만난 느낌이었다.

"부러진 건가?"

주머니에 든 핸드폰 생각은 잊은 채 지팡이를 살폈다. 볼수록 신기했다. 나무 모양을 그대로 살려서 만든 것 같은데 꽤 오래된 물건인 게 분명했다.

"혹시, 진짜 마법 지팡이?"

그러기를 바라는 마음으로 중얼거렸다.

지팡이의 길이는 내 팔 길이와 비슷했다. 장난감이나, 크리스마스트리의 장식용 지팡이 크기였다. 손때가 묻은 걸까, 만들 때 매끈거리도록 유약이라도 바른 걸까. 반질반질한 것이 마치 기름이라도 칠한 것 같았다. 손끝으로 살살 문질러 보았다. 매끈매끈한 것이 촉감이 아주 좋았다. 손잡이 쪽은 굵고 뭉툭했다. 그런 데다 손잡이에는 테이프까지 친친 감겨 있었다.

"도대체 어떤 할아버지가 쓰다 버린 거야? 부러져서 붙인 건가?"

테이프가 감긴 부분을 꼼꼼하게 살폈다. 지팡이를 버린 사람은 키 작은 할아버지일 거야, 중얼거리던 나는 마음대로 상상했다. 키 작은 할머니일 수도 있지만 저절로 할아버지가 떠올랐다.

"지현이가 쪼맨해도 두고 봐라. 큰일 할 끼다. 쟈가 저거 할아버지캉 똑 같다 아이가?"

키 작은 오빠를 걱정하는 엄마에게 할머니가 종종 말했다.

"너거 시아부지도 키가 아주 짜리몽땅했다 아이가. 그 캐도 속은 을매나 넓었는지 모린다. 주변에 어려운 사람 절대 그냥 안 보내제. 그뿐이가? 옳지 않은 일에 나서기는 또 을매나 좋아했던지 곤란한 일을 당한 적도 한두 번이 아닌기라. 암만 키 큰 사람도 너거 시아부지캉은 눈도 마주치지 몬했다카이."

할아버지 이야기를 할 때면 눈이 빛나던 할머니였다.

'히힛! 진짜 마법 지팡이라면 좋겠다.'

괜히 기분이 좋았다. 속으로 중얼거리니 내가 동화 속 주인공이라도 된 기분이었다. 지팡이가 나의 요정처럼 느껴졌다. 모양은 진짜 지팡이인데 길이는 이상할 만큼 짧은 것만 봐도 예사로운 물건은 아닌 것 같았다. 호기심에 지팡이를 문지르며 중얼거렸다.

"지팡이야, 오빠를 혼내 줘."

"예! 주인님."

지팡이가 조금 전까지 나한테 주먹질을 하던 오빠를 때리는 모습이 눈에 선했다. 요리조리 피하는 오빠를 요령껏 때려주는 지팡이가 신기했다. 억눌렸던 마음이 조금 시원해지는 것 같았다. 내 머릿속은 즐거운 상상으로 가득 찼다.

"야! 이거 왜 이래?"

오빠를 보자마자 내 손을 떠난 지팡이가 오빠의 머리에 부딪쳤다. 놀란 오빠가 허둥거리며 도와 달라는 표정을 지었다.

"뭐가?"

여전히 이름 대신 "야!"라고 부르는 오빠가 얄미워서 모른 척했다.

"이 더러운 지팡이 저리 치우라고!"

"더럽다니, 그러니까 더 맞는 거잖아?"

지팡이를 살짝 잡은 내가 오빠의 눈을 빤히 들여다보았다.

"너 지금 무슨 마법이라도 부렸나?"

"마법은 무슨? 오빠가 하도 나를 못살게 구니까 키 작은 할아버지가 나를 도와준 거지."

"키 작은 할아버지?"

"그래! 할머니가 항상 너 닮았다는 그 할아버지."

내 말에 오빠는 긴가민가한 표정이었다.

"웃기시네."

오빠가 다시 대들었다.

"지팡이야. 정신 차릴 때까지 오빠를 다시 혼내 줘."

오빠의 주먹질을 피하며 지팡이를 놓았다.

지팡이는 마치 신 들린 듯 오빠의 손을 두들겨 댔다.

내 말을 믿지 않았던 오빠가 지팡이를 피해 웅크린 채 손을 감추었다. 지팡이는 용케도 오빠의 손만 노렸는지 공중에 뜬 채 빙글빙글 돌기만 했다.

"다시 한 번 주먹질을 하면 그땐 오빠 손이 어떻게 될지 몰라."

"아, 아, 안 그럴게. 이 지, 지팡이나 좀 치, 치워! 아얏!"

지팡이를 향해 손을 내젓던 오빠가 비명을 질렀다. 지팡이가 오빠의 손을 때린 것이다.

"알았어. 멈춰!"

잔뜩 웅크린 채 나한테 사정을 하는 오빠가 우스웠다.

'정말 마법 지팡이잖아?

속이 후련해지는 상상을 하고 나니 지팡이가 새롭게 보였다. 마법 지팡이라고 생각하니 갑자기 무언가 간절해졌다. 이걸로 오빠를 혼내 줄 수 있으면 정말 좋을 것 같았다. 진짜 마법을 부리는 지팡이여서 툭하면 시비를 붙는 오빠가 찍소리도 못 하게 하고 싶었다. 나만 보면 실없이 실실거리는 오빠 친구들까지 혼내 주고 싶었다. 오빠의 주변 사람들은 다 미웠다.

나는 지팡이를 다시 한 번 살폈다. 그렇지만 어딜 봐도 마법 지팡이 같은 데라곤 없어 보였다. 그럼 그렇지. 이렇게 짤막하고 때가 꼬질거리는 지팡이가 뭐라고.

"급실망. 하긴, 21세기에 마법 지팡이라니 말도 안 되지."

지팡이를 이리저리 돌리며 중얼거렸다. 과연 아무 일도 일어나지 않았지만 조금 전의 일이 다시 떠올랐다.

지팡이를 들고 그네에 걸터앉았다. 불쑥 지유가 생각났다.

"아~ 지유는 얼마나 좋을까?"

무남독녀인 지유가 정말 부러웠다. 내가 세상에서 가장 부러운 건 오빠가 없는 친구들이다. 그다음은 오빠가 있더라도 언니가 있는 친구들이다. 아니면 여동생이 있거나 차라리 혼자였으면 좋겠다는 생각을 할 때도 많다. 그렇지만 내

바람일 뿐이다.

나는 그네에서 벌떡 일어섰다.

"지팡이야, 지팡이야. 힘으로 나를 괴롭히는 사람은 언제든지 이길 수 있게 해 줘. 특히 오빠와 오빠 친구들!"

나는 그렇게 중얼거리며 지팡이를 바닥에 대고 무심코 툭툭툭, 두들겼다.

그런데 이상했다. 장난삼아 한 말이지만 기분이 달라졌다. 강한 힘을 가진 주문이라도 건 기분에 화가 조금은 누그러졌다. 빙긋 웃음까지 나왔다. 조금 전까지 오빠에게 당했던 일에 짜증을 냈던 내가 문득 낯설게 느껴졌다.

"맞아! 그깟 일로 내가 집을 나올 이유가 없잖아?"

지팡이를 챙긴 나는 집 쪽으로 발길을 돌렸다.

아파트 주차장으로 낯익은 차가 들어오고 있었다. 우리 차였다. 지팡이를 얼른 품속에 감추었다. 깔끔한 엄마가 보면 당장 버리라고 할 것이 뻔했다. 거실 바닥에 메모 쪽지 하나 떨어진 것도 어수선하다고 생각하는 엄마가 아닌가. 그런 엄마가 꼬질꼬질한 지팡이, 그것도 놀이터 모래밭에서 주운 지팡이를 집 안에 들이게 할 리가 없다. 어쩌면 지청구까지 듣고 손소독제까지 써서 손을 씻으라고 할 것 같았다.

"맨발로 어디 갔다 오는 거니?"

엘리베이터 앞에서 엄마가 물었다.

"그냥……."

품에 감춘 지팡이에 신경을 쓰면서 말끝을 흐렸다. 새삼 춥다는 듯 품속의 지팡이를 감추려고 옷깃을 단단히 쥐었다.

오빠랑 싸운 얘기는 하고 싶지 않았다. 하도 여러 번 있었던 일이라 일일이 말하기도 싫었다. 그사이 엘리베이터가 5층에서 멎었다.

"아유~ 집이 이게 뭐니? 서너 살짜리 어린애도 아니고……. 할머니는?"

거실에 들어선 엄마가 벌어진 입을 다물지 못했다. 거실 바닥은 난장판이 되어 있었다. 프라모델들이 여기저기 흐트러진 채였다. 놀란 건 나도 마찬가지였다. 내가 집을 나갈 때와는 아주 딴판이었다. 오빠가 일부러 어질렀다는 걸 알 만했다.

"몰라요. 좀 아까 나가셨어요. 이건 수현이가 그런 거예요. 홀라후프로 프라모델 건담 다 망가뜨리고 도망갔어요."

엄마가 온 기척을 느낀 오빠가 방에서 툭, 튀어나와 고자질을 했다.

"……!"

나는 입만 벌린 채 아무 말도 하지 못했다. 어이가 없었다.

"지현아, 너 왜 또 그래? 후우~."

엄마가 달래듯 오빠한테 말하곤 한숨을 쉬었다.

"이건 정말 수현이가 그랬다고! 홀라후프 돌린다고 꺼내다가 짜증난다고 장식장을 훑었단 말이야!"

오빠가 손으로 장식장을 훑는 흉내를 내면서 소리를 질러 댔다.

엄마와 아빠가 내 쪽으로 고개를 돌렸다. 눈빛이 정말이냐고 묻고 있었다. 나는 살짝 얼굴을 찌푸리며 고개를 빠르게 가로저었다.

"아무튼 점심 준비할 거니까 건담 로봇들 치우고 식탁으로 오너라. 걸레질은 엄마가 할 테니까 흩어 놓은 것들만 치워."

엄마가 고개를 잘래잘래 흔들며 주방으로 갔다.

"야! 너 어디 가? 이거 안 치워?"

지팡이를 갖다 두려고 방으로 가는 나를 오빠의 말이 붙잡았다.

"기다려. 잠깐 방에 들어갔다 나와서 치워 줄게."

"저것 봐요. 지가 안 그랬으면 치워 준다고 할 리가 없지!"

오빠의 의기양양에 포옥, 한숨만 나왔다.

책꽂이 사이에다 지팡이를 숨겼다. 길이가 짧아서 큰 책들 뒤에 숨기니 보이지 않았다. 감쪽같았다.

오빠가 이상해

오빠가 계속 불러 댔지만 당장 나가기는 싫었다. 겨울도 아닌데 밖에서 떨다 온 발이 시렸다. 시린 발을 녹이고 싶었다.

침대에 막 누우려는데 벌컥 문이 열렸다.

"어이~ 홍당무~!"

노크도 없이 문을 연 오빠가 이죽거렸다. 추워서 새빨개진 얼굴을 보고 시비를 거는 거였다. 슬그머니 다시 짜증이 났다. 시리던 발이 간질간질 아려 오자 오빠가 더 얄미웠다.

'저게 또?

겨우 가라앉은 마음에 다시 소용돌이가 몰아쳤다.

조금 전까지 툭탁거리며 싸웠던 일이 새록새록 또렷이 생각났다.

"붉으락푸르락 홍당무~. 수현이는 홍당무래요."

방으로 쑥 들어온 오빠가 내 뺨을 잡았다가 놓았다.

"아야! 너 자꾸 이럴래? 나도 이제 안 참아!"

얼얼해진 뺨을 문지르면서 일부러 소리를 질렀다.

"웃기시네. 엄살은? 아프긴 뭐가 아파? 빨리 거실이나 치우라고!"

이죽거리던 오빠가 이번에는 머리를 치려고 했다.

"뭐야, 이게? 허락도 없이 남의 방에 들어와서 계속 시비야! 아이, 짱나!"

슬쩍 피하면서 짜증을 냈다.

헛손질을 한 오빠가 비틀거렸다. 오빠는 다시 주먹을 휘둘렀다. 더는 피할 수가 없게 되었다. 나도 모르게 오빠의 머리를 쥐어박았다. 오빠의 머리에서 유난히 크게 콩, 소리가 났다.

"이게 이제는 오빠도 몰라보잖아! 야! 너 쳤어!"

오빠가 맞은 데를 감싸 쥔 채 소리를 질렀다

"머릿속이 텅텅 비었구만!"

콩, 소리를 들은 터라 겁이 났지만 앙똥하게 대꾸했다. 처음으로 나한테 맞고 어쩔 줄 모르는 오빠의 꼴이 같잖고 우스웠다.

"뭐야? 이게 진짜!"

오빠가 맞은 곳을 문지르며 주먹을 쥐고 대들었다.

맞고만 있을 수 없었다. 몸을 살짝 구부린 나는 팔을 들어 오빠의 주먹을 막았다.

"아, 아…… 아야야…….."

나를 때리려던 손을 마구 흔들면서 오빠가 울상을 지었다. 엄살 같았지만 오빠는 금방이라도 울 것 같았다.

"겨우 여동생한테 맞은 꿀밤 한 대에 울려고?"

정말 아픈지 울상을 짓는 꼴을 보자니 고소했다.

"내가 울긴 왜 울어? 머리통에 구멍 났겠다. 우이씨~!"

내가 막은 팔을 잡은 채 오빠는 그 손으로 머리를 문질러 댔다.

"흥! 엄살은? 그렇게 아프면 함부로 굴지 말란 말이야. 툭하면 때리고…….
이제 안 참아. 알아?"

다부지게 하는 내 말에 오빠는 아직도 어리둥절한 표정이었다.

"너 뭐 잘못 먹었냐?"

"잘 먹을 건 뭐 있냐? 엄마는 네가 잘 안 먹는다고 좋은 건 만날 너만 다 주는
데……. 나야 만날 잘못 먹지. 만날!"

엄마가 들을까 봐 목소리를 한껏 낮췄지만 힘을 실어 말했다.

"으이구, 이걸 그냥, 콱!"

오빠가 다시 오른 주먹을 머리 위로 올렸다.

"뭘, 콱? 내가 지금까지 힘이 없어서 참은 줄 알아? 너 같은 건 나한테 쩹도
안 돼."

오빠의 팔목을 힘주어 잡았다. 내친김이었다. 어차피 또 맞을 거라면 대들기
라도 하고 맞아야겠다는 생각을 한 거다.

"어, 어?"

팔목을 잡힌 오빠가 비틀거렸다.

"왜? 갑자기 겁먹었냐?"

이때다 싶어진 내가 오빠의 팔목을 얼굴 쪽으로 밀어붙였다. 처음에는 놀란
듯하던 오빠의 눈에 겁이 가득했다.

오빠의 팔이 막대풍선처럼 구부러졌다. 오빠는 정말 힘이 없었다. 합기도장
에 가서는 뭘 배우는지 모르겠다. 이렇게 힘이 없는 줄 알았으면 지금까지 당

하고만 있지는 않았을 텐데, 약간은 통쾌하면서 억울하기도 했다.

　나한테 팔목을 잡힌 오빠는 제 주먹에 눈두덩을 맞았다. 오빠가 두어 걸음 주춤 물러서더니 눈두덩을 문질렀다.

　"어, 어, 엄……."

　"야, 이 찌질아. 또 이르려고? 할머니도 없는데?"

　속으로는 놀라면서도 오빠가 나한테 하던 것처럼 윽박질렀다.

　'내가 힘이 센 거야, 저게 힘이 없는 거야?'

　오빠한테 눈을 흘기며 속으로 고개를 갸웃거렸다.

　"나가!"

　"……?"

　잠시 멍하니 서 있던 오빠는 씩씩거리긴 했지만 말도 없이 방을 나갔다.

　"저걸 오빠라고……. 힘도 없잖아?"

　나는 아무것도 묻지 않은 옷을 툭툭 털었다.

　갑갑하던 가슴이 탁 트였다. 창문을 열고 시원한 바람이라도 들이마신 듯 기분이 상쾌하기까지 했다.

　"가만!"

거실로 나가려던 내 눈길이 책꽂이로 향했다. 프라모델로 어질러진 거실의 모습은 이미 까맣게 잊은 채였다. 책꽂이 사이에 끼워 뒀던 지팡이를 꺼내 들었다. 지팡이를 이리저리 다시 한 번 꼼꼼하게 살폈다. 혹시 무슨 주문이라도 적혔나 보았지만 아무것도 적혀 있지 않았다.

"우히히히……. 그래도 오빠가 겨우 저 정도였어? 나한테 꼼짝도 못 하잖아?"

발이 시렸던 기억은 사라졌지만 나는 침대에 벌렁 누워 이불을 당겨 덮었다.

이불을 푹 덮어쓴 채 매끈거리는 지팡이를 만지작거렸다. 이불 속에서 빛이라도 날 줄 알았지만 지팡이는 아무런 변화도 없었다.

"그래도 이거 진짜 마법 지팡이 아냐? 어디? 뭘 빌어 볼까? 강아지 한 마리만 줘. 아니 강아지 인형이라도 좋아. 피자 한 판만……. 치킨도 좋아. 아니면 나를 침대에서 일으켜 봐."

머릿속에 떠오르는 대로 중얼거렸다. 그렇지만 아무런 변화도 일어나지 않았다. 이불을 들추고 일어나 침대 모서리에 지팡이를 두들겼지만 마찬가지였다.

"으이구~ 내가 못 살아? 왜 주일날까지도 싸움질이니? 어떻게 된 게 너희는 눈만 마주치면 싸운다니?"

거실에서 들려오는 엄마의 목소리가 유난히 날카로웠다.

"수현이 저거 순 깡패예요."

오빠가 씩씩거리며 엄마의 말끝을 잡는 소리가 들렸다. 내 방에다 손가락질을 하면서 징징거리는 모습도 그려졌다.

"내가 왜 깡패야? 깡패는 지가 깡패면서?"

이불 밖으로 얼굴만 쏙 내밀며 혼잣말을 하는데 왈칵 방문이 열렸다.

"수현아!"

"깜짝이야!"

엄마의 고함 소리에 놀란 나는 이불로 후다닥 지팡이를 덮었다.

"너 오빠 때렸어?"

"내, 내가 언제?"

나도 모르게 말을 더듬었다.

"오빠가 너한테 맞았다던데? 눈두덩이 멍든 거 봐라."

엄마가 오빠를 가리켰다.

오빠를 쳐다보았다. 엄마 말은 사실이었다. 자세히 보니 눈두덩이 약간 푸르스름했다. 가슴이 철렁했다. 그새 멍이 든 것은 아무리 생각해도 이상하지만 오빠가 내 힘에 밀린 것은 사실이기 때문이었다.

"내가 언제 오빠 때리는 거 봤어? 만날 당하는데 어떻게 오빨 때려?"

가장 불쌍한 표정과 낮은 목소리로 억울하다는 듯 말했다.

"글쎄, 나도 믿을 수는 없다만……. 너랑 말다툼하는 소리만 들었는데, 무슨 연장으로 때렸을 리도 없을 테고……."

갑자기 풀 죽은 내 말에 엄마가 고개를 갸웃거렸다.

연장이라는 엄마의 말에 가슴이 마구 콩닥거렸다. 직접 때린 적은 없지만 오빠의 주먹을 쥔 채 머리를 쥐어박은 생각이 났다. 그렇지만 그 정도로 멍이 든다면 내 몸은 온통 멍투성이일 거다. 툭하면 주먹질을 당하던 일들이 떠오르자

서러웠다.

"와앙! 엄만 너무해! 할머니랑 똑같아!"

소리를 지르며 내가 울음을 터트렸다.

"얘, 얘가 갑자기 왜 이래? 내가 뭘 어쨌다고?"

"오빠만 자식이야? 내가 만날 오빠한테 맞는 거 몰라? 그런데 오빠가 나한테 맞았다고? 언제 맞았대? 사실은 엄마 아빠 성당 갔을 때도 하도 시비를 걸어서 나갔던 거라고! 그런데 뭐? 프라모델도 내가 어질러 놨다고? 자기가 다 흩어 놓고 내 핑계 대는 거 몰라? 그거 하나라도 내가 건드리면 그냥 두는 인간이야, 오빠가? 그런데도 나만 혼내고, 정말 억울해. 어엉엉엉……."

내친김에 바락바락 소리를 지르고는 집이 떠나가라 큰 소리로 울어 댔다. 울음보가 터지니까 눈물이 마구 쏟아졌다. 분하고 억울한 마음에 침대에서 내려선 뒤 방방 뛰기까지 했다.

"무슨 소리야? 왜 앨 울려?"

내 울음소리를 듣고 아빠까지 달려왔다.

"그래, 하긴 열두 살짜리 여자애가 때려서 저런 멍이 들 수는 없지. 너 딴 데서 맞고 수현이 핑계 대는 거 아냐?"

내 통곡에 엄마가 오빠를 향해 눈을 가늘게 떴다. 전세는 금세 내 쪽으로 기울었다.

"엄마는 몰라서 그래. 저게 얼마나 힘이 센데? 나도 오늘 첨 알았단 말야!"

오빠가 억울한 표정으로 나를 가리켰다.

"아유~ 말도 안 되는 소리 좀 그만해!"

"어? 이제 내 말도 안 믿네."

오빠가 억울하고 답답하다는 듯 제 가슴을 팡팡 두들겨 댔다.

"저거 봐. 이제는 나한테 다 덮어씌우지!"

나도 지지 않았다. 앙큼하게도 거짓말이 술술 잘도 나왔다.

이런 날이 올 줄은 몰랐지만 그동안 참기를 정말 잘했다는 생각이 들었다. 들켜서 혼이 나더라도 우선은 발뺌을 해야 했다.

"알았어. 알았으니까 조용히 해! 지현이 너도 믿을 말을 해야지. 이게 무슨 꼴이니?"

나한테 소리를 지른 엄마가 오빠의 눈두덩을 조심스럽게 만졌다.

"아, 아야! 손도 못 대게 아프단 말야!"

"도대체 언제 이런 거야?"

아빠도 그제야 오빠의 얼굴을 들여다보았다.

"저거 완전 조폭이라니까! 수현이한테 맞아서 그렇다는데 왜 내 말을 안 믿어요?"

"너 자꾸 그럴래? 제발 말도 안 되는 소리 그만하고 얼른 밥이나 먹어! 약 발라 줄게 나와."

엄마가 속상하다는 듯 고개를 내저으며 오빠를 돌려세웠다.

"그래. 맞아. 금방 맞아서 멍이 이렇게 들지는 않지. 이거 충격받은 지 한 이틀 된 거 같은데?"

아빠도 오빠의 얼굴을 자세히 살피며 고개를 갸웃거렸다.

"엄마, 아빠! 정말이라니까!"

오빠는 발까지 구르며 소리를 질러 댔다.

악을 쓰던 오빠와 눈이 마주쳤다. 고거 쌤통이다, 싶어진 나는 얼른 혀를 날름 내밀었다.

"야! 인마, 믿을 말을 해야 믿지. 그래, 수현이가 때렸다 치자. 아까도 말했지만 금방 맞았다고 그렇게 당장 멍이 드냐?"

아빠가 오빠의 머리를 공처럼 잡고 두어 번 흔들었다.

"아! 아아, 아파요."

"어? 머리에 혹도 났네. 가만, 너 혹시 학교 폭력 같은 거 당한 건 아니지?"

머리를 감싸 쥐는 오빠의 얼굴을 들여다보던 아빠가 걱정스러운 표정을 지었다.

"하, 학교 폭력은 무슨……. 지, 진짜로 수현이가 때린 거라니까!"

오빠가 버럭 화를 냈다. 말까지 더듬는 꼴이 왠지 불쌍해 보였다.

"그래. 그럴 리는 없지. 그러니까 그만 해라. 학교 폭력 아니면 됐지, 수현이 핑계는 왜 대?"

오빠의 앙살을 딱 자른 아빠가 방을 나갔다. 엄마도 고개를 절레절레 흔들며 거실로 나갔다. 이어서 엄마가 약통을 찾는 소리가 들렸다.

"지현아! 빨랑 나와. 약 바르게."

"우이씨~ 너! 두고 보자."

오빠도 씩씩거리며 방을 나갔다.

"아! 아야, 아프단 말야! 살살 좀 해요!"

심통이 잔뜩 담긴 오빠의 엄살에 막혔던 속이 뻥 뚫리는 것 같았다.

다행히 할머니는 오빠가 멍든 걸 보지 못했다. 눈이 어둡기도 했지만 다음 날 시골에 갈 거라고 일찍 잠자리에 든 것이다.

목요일에 수학여행을 가는 오빠한테 용돈을 듬뿍 준 할머니는 월요일에 시골로 떠났다.

"오빠 아직 안 일어났니?"

목요일 아침, 학교 갈 준비를 끝낸 나에게 엄마가 물었다.

"몰라. 짐 싸고 있겠지. 가 볼까?"

며칠 동안 오빠가 시비를 걸지 않아 마음이 편해진 내가 오빠 방을 가리켰다.

"이 녀석 또 밤새 핸드폰 만지작거리다가 늦잠 자는 거 아냐?"

식탁에 수저를 놓던 아빠가 고개를 갸웃거렸다.

"그래, 자고 있으면 깨워. 한창 성장기에 아침 굶으면 절대 안 돼."

"알았어. 오빠~!"

"왜!"

오빠 방 쪽으로 가는데 오빠의 신경질적인 대답이 먼저 쫓아 나왔다.

'그러면 그렇지, 제 버릇 개 줄까?

피식, 웃음이 새어나왔다. 여전히 신경질적인 오빠의 대답에 마음이 놓였다. 걱정할 일은 없는 것 같았다.

"밥 먹으래!"

큰 소리로 외치곤 오빠의 방문 쪽에다 혀를 쏙 내밀었다.

잠시 후 방에서 나온 오빠의 눈이 퀭했다. 눈 밑도 검게 변해 있었다. 다크서

클이 짙었다.

"우리 집에 밤새 너구리가 한 마리 들어왔구만. 그렇게 잠도 안 자고 수학여행 가면서 졸다가 또 부딪쳐서 여기저기 멍들면 안 된다."

대꾸 대신 풀이 죽은 오빠를 아빠가 놀렸다.

아빠가 프라모델 사건이 있었던 날 오빠 얼굴에 들었던 멍을 상기시켰다. 가슴이 철렁했다.

계속 나한테 맞아서 그렇다던 오빠는 결국 전봇대에 부딪쳤다고 얼버무렸다. 학교 폭력을 의심하는 아빠의 물음에 지고 만 것이었다.

"아들, 수학여행 경주로 간댔지?"

"몰라요."

오빠가 제 어깨에 얹힌 아빠의 손을 떼어 냈다. 모든 것이 귀찮다는 표정이었다.

"삐쳤어, 아들? 그런다고 모른다니⋯⋯. 자, 자, 마음 풀고 기도하고 밥 먹자."

엄마가 의자에 앉자 아빠가 식사 전 기도를 시작했다.

"나, 수학여행 안 가면 안 돼요?"

기도가 끝나기를 기다렸다는 듯 오빠가 물었다. 기운이 다 빠진 목소리에 엄마도 아빠도 눈이 휘둥그레졌다. 놀란 건 나도 마찬가지였다.

"왜? 어디 아프니?"

엄마가 신경을 곤두세웠다.

"아니, 좀 피곤해서⋯⋯. 배도 좀 아픈 거 같고."

오빠가 말끝을 흐렸다.

"피곤하다고 수학여행을 빠져? 초등학교 수학여행은 평생에 한 번인데 그건 아니지."

아빠가 대수롭지 않다는 듯 말했다.

"아냐. 그냥 피곤한 게 아닌 것 같은데? 혹시 장염 아냐? 요즘 장염 유행한다 던데. 안 되겠다, 여행 빠지고 오늘은 엄마랑 병원 갔다 와서 내일까지 푹 쉬어."

엄마는 진지했다.

"아니, 그냥 쉬면 괜찮을 거 같아요. 엄마는 그냥 출근하세요."

손사래를 치는 오빠의 표정이 심각했다.

"괜찮아. 집에 일이 생겼다고 연락하면 반차 낼 수 있어."

밥숟갈을 들지도 않은 채 엄마는 핸드폰부터 찾았다. 엄마는 직장과 학교에 각각 전화를 했다.

언제나 그랬다. 어릴 때부터 잔병치레가 잦았던 오빠라 엄마는 늘 긴장 상태였 다. 내 기억에 오빠가 심하게 아팠던 일은 없었다. 편식이 심하고 계절이 바뀔 때 마다 감기는 곧잘 걸렸지만 입원을 할 만큼 심각한 병을 앓은 적은 없었다. 그런 데도 엄마나 할머니는 오빠가 조금만 풀 죽어 있어도 어디 아픈 거 아니냐고 먼 저 물었다. 하기 싫은 일이 있을 때 꾀병을 해도 오빠가 하면 통했다.

난 그런 엄마나 할머니가 늘 못마땅했다. 심지어 할머니는 오빠와 달리 건강 하고 명랑한 나를 툭하면 구박까지 했다. 그나마 아빠가 있어서 큰 불만은 없 이 지냈다.

"지현이한테 너무 오냐 오냐 하지 마. 애가 몸이 약한 게 아니라 맘이 약해질까 걱정되는구만."

말은 그렇게 했지만 아빠도 조금 전과 달랐다. 오빠가 걱정되는 듯했다. 나도 은근히 신경이 쓰였다.

"자, 우리 공주님은 빨랑 먹고 학교 갑시다."

"네."

아빠한테 대답을 하다가 오빠와 눈이 마주쳤다. 아빠가 부른 공주라는 호칭이 같잖다는 눈빛이었다. 오빠의 눈빛이 말하고 있었다. 아프지 않다고. 다만 말 못 할 사정이 있다고.

'헐~ 꾀병이구만.'

한동안 오빠랑 싸우지 않아 밋밋했다는 생각이 사라졌다. 하루의 양념 같은 오빠와의 싸움이 다시 시작될 것 같았다. 괜히 불안했다.

학교에 가는 내내 이상하다는 생각을 떨칠 수가 없었다. 공부하기 싫어하는 오빠가 수학여행을 안 가려고 꾀병을 하다니 그 이유가 궁금했다.

'아무래도 이상해.'

학교 정문에 줄지어 선 관광버스 앞을 지날 때였다.

"어? 정지현 동생?"

한수오가 나를 툭 쳤다.

정지현 정말 아파?

눈이 마주치자 한수오의 입 모양이 그렇게 물었다.

정말 걱정스럽다는 눈빛이 아니었다. 믿지 못하겠다는 표정이 기분 나빴다. 뭔지 분명하지는 않았지만 오빠에게 보이는 한수오의 관심이 괜히 짜증났다. 그건 내가 꾀병이라고 생각하는 것과는 달랐다.

"야! 너 아침에 혹시 내 친구들 못 봤어?"

오빠는 내가 학교에서 돌아오기를 기다렸던 것 같았다.

"누구? 근데 병원에선 뭐래?"

"봤어, 못 봤어?"

내 걱정에는 대꾸도 없이 자기가 궁금한 것만 다그쳤다.

오빠는 조금도 아픈 사람 같지 않았다. 말을 하는 중에도 오빠는 핸드폰 문자판을 수시로 두드려 댔다. 그 모습에 슬슬 부아가 치밀었다.

"누굴 말하는 건데?"

한수오를 가리킨다는 걸 모르지 않았지만 어깃장을 놓았다.

"왜 전에 내 생일에 왔던 친구들 말이야."

"못 봤어. 내가 갔을 땐 버스가 다 가고 없었어."

말이 길어질까 봐 거짓말을 했다.

"그래? 그렇다고 진작 말하면 되지, 그걸 가지고 사람 약 올리나?"

시비조의 말인데도 어딘지 맥이 풀린 목소리였다.

"아아, 약이 오르셨어?"

"……!"

　나를 쏘아보고는 휙 돌아서던 오빠가 나와 부딪쳤다. 일부러 나를 건드리려고
한 게 분명했다. 그 바람에 오빠 손에 들려 있던 휴대폰이 바닥에 떨어졌다.

"에이, 재수 없어!"

　오빠가 나를 발로 툭 찼다. 정강이뼈가 아팠다.

"왜 또 시비야?"

　휘청하던 내 발 끝에 오빠의 휴대폰이 차였다. 바로 앞에 있던 휴대폰이 화장
실 앞까지 밀려갔다.

"야! 일부러 내 폰 떨어트리더니 이젠 발로 차기까지 하냐?"

말을 더듬을 새도 없이 오빠가 주먹을 들었다.

"아이, 진짜!"

눈에 힘을 주면서 내가 오빠의 팔목을 잡았다.

"어어어? 이, 이거 안 놔? 이거 놔!"

"쯥! 또 치시려고 하시지 말입니까?"

"놔! 놓으라고!"

팔목을 잡힌 오빠는 힘을 조금도 쓰지 못했다. 이상하리만치 안쓰러웠다.

"자, 놨다. ……!"

방으로 가려다가 집어 든 오빠의 휴대폰에 내 눈길이 박혔다. 채팅창이 열려 있었다. 나하고 말을 하면서도 오빠가 부지런히 주고받던 문자의 정체는 채팅이었다.

"세상에, 이게 뭐야?"

기가 막혔다.

채팅창에는 글씨보다 이모티콘이 많았다. 이모티콘의 모양들은 모두 누군가를 비아냥거리거나 다그치는 감정을 나타내는 것들이었다. 혀를 길게 빼고 침을 질질 흘리는 유령, 화가 몹시 났다는 걸 나타내는 몸이 온통 빨간 민머리 아저씨, 활활 타오르는 불길을 날개처럼 두른 사람, 푸르스름한 색상의 주먹, 화가 난 해골 등 이른바 극혐 이모티콘이라고 불리는 그림들이었다. 모두가 오빠를 향한 것들이었다.

나는 채팅창을 빠르게 앞으로 넘겼다. 하루에 주고받은 채팅이 몇 번을 넘겨도 계속되었다.

정신머리 없는 찌질이!

ㅆㅂㅅㄲ!!!!

정신 외출했음?

이제 어쩔?

내일이 겁나지 않으셔?

말이 컸다 이거지?

간간이 이런 말들이 찍혀 있었다. 오빠를 향한 욕들이었다.

채팅방의 이름에 '일심동체'라고 적혀 있었다. 몇 명인지는 알 수 없었지만 오빠를 포함한 친구들의 그룹 채팅방이라는 건 알 수 있었다.

"야! 그거 이리 내."

팔목을 털면서 다가온 오빠는 금방이라도 울 것 같았다.

불현듯 모든 것이 이해되었다. 이건 도저히 그냥 넘길 문제가 아니었다. 그렇다고 섣불리 어른들에게 알렸다가는 오빠만 더 곤란하게 될 수도 있었다. 진심으로 걱정되었다.

"빨리 안 내놔?"

"가만있어 봐."

빠르게 생각을 정리한 나는 오빠를 살짝 밀쳤다.

오빠가 멈칫한 사이 채팅창을 스크린샷으로 복사하기 시작했다. 그런 다음 내 휴대폰으로 모두 전송했다.

"너! 뭐 하는 거야?"

오빠가 핸드폰을 낚아챘다.

"오빠, 지금 '투따' 중인 거지? 왜? 언제부터야?"

'투따'는 그룹 채팅방에서 투명 인간 취급 받는 걸 줄여서 한 말이다.

"친구들이랑 장난한 거잖아! 모르면 가만있어."

"장난 좋아하시지 말입니다. 사이버 폭력으로 신고라도 해야 할 거 같은데?"

"그런 거 아냐! 너 입 다물어."

오빠의 모습에서 초조함이 묻어났다.

여느 때처럼 나를 때리지도 않고 오빠는 제 방으로 들어갔다.

'친구들한테 삥 뜯기는 거 아냐? 그래서 수학여행 안 간 거?'

오빠가 방으로 들어가는 걸 보면서 든 생각이었다.

엄마한테 문자 메시지를 보냈다. 병원에서 들은 오빠의 증상이 궁금해서였다.

스트레스로 인한 소화불량 같대.

엄마의 답 메시지를 읽는데 괜히 한숨이 나왔다. 친구들에게 시달리면서 나한테만 큰소리치고 주먹질을 해 대던 오빠가 딱했다.

떡볶이 사건

이틀을 쉰 오빠가 학교 갈 준비를 했다. 채팅창을 읽은 것 때문일까? 오빠가 꾸물거리는 것이 이해가 되었다. 몸이 약해서 피곤하기 때문만은 아닌 것 같았다.

"너 1년 내내 사춘기 코스프레야?"

아빠가 오빠한테 가벼운 충고를 하고 엄마와 함께 집을 나섰다.

오빠와 나도 학교로 향했다. 함께 등교한 적이 없어서 그런지 너무 어색했다. 그렇지만 오빠의 문제를 알고 있는 한 그냥 둘 수는 없었다. 오빠의 말대로 장난인지 아닌지 며칠 더 살펴봐야겠다는 생각을 했다. 내 마음에는 장난이 아니라는 생각이 굳어져 있지만, 함부로 말할 일도 아니었다. 잘못했다가는 오빠가 더 힘들어질 수도 있는 일이었다.

"정지현! 너 많이 아팠나?"

"그런 거 같은데? 정지현 동생이 보호자처럼 챙기는 거 봐."

학교 앞에서 다정하게 오빠의 어깨를 잡은 건 한수오와 최수형이었다.

"아직도 아픈 거야? 너 수학여행 빠져서 은근 걱정했잖아."

"넌 이제 가도 돼. 우리가 챙겨 줄게."

한수오가 오빠의 가방을 최수형에게 건네주었다.

'니들이 채팅방에서 오빠를 괴롭힌 애들?'

의심이 몽글몽글 피어올랐다. 친절에도 믿음이 가지 않았다. 확실하지는 않았지만 채팅방에 있던 이모티콘들을 뿌린 주인공들이라는 생각을 떨칠 수가 없었다.

"아프면 연락해."

한수오에게 어깨를 안긴 채 앞서가는 오빠에게 일부러 다정하게 말했다.

'아닌가?'

의심한 것이 미안할 정도로 셋의 모습은 다정했다.

그런데도 쉬는 시간마다 오빠 생각이 났다. 생각할수록 내가 이상했다. 오빠가 무슨 일을 당하든지 고소할 것만 같았는데 아니었다. 사실은 종일 쉬는 시간만 되면 6학년 2반 교실로 마음이 쏠렸다. 우리 교실과는 같은 층이지만 한 번도 기웃댄 적이 없었는데 그날은 달랐다.

오빠네 교실과 우리 교실은 동쪽과 서쪽으로 뚝 떨어져 있었다. 복도를 한참 지나야 했지만 두 번이나 오빠네 교실을 기웃거렸다.

"오~ 수현. 너 이상해."

나희가 눈을 곱게 흘겼다.

"뭐가?"

"오늘 따라 자꾸 6학년 교실을 기웃거리잖아? 너 그 교실에 좋아하는 오빠 있지?"

나희가 손가락 두 개로 딱 소리를 냈다. 다 안다는 표정이었지만 천만의 말씀이다.

"그런 거 아냐. 절대로!"

"어어? 절대로? 강한 부정은 긍정인데?"

장난스러웠지만 지유도 자기 생각이 확실하다고 믿는 것 같았다.

그러거나 말거나 급식을 먹고 나오면서도 오빠네 교실로 돌아서 왔다. 지유, 나희도 함께여서 슬쩍 교실을 기웃거렸지만 이상한 점은 없었다.

'진짜 장난이었나? 그렇다면 다행이고.'

가볍게 한숨을 쉬었다.

6교시가 끝났다.

교문 앞에서 기다리던 학원 버스를 타는 친구들과 헤어졌다. 학원 버스를 타지 않은 건 나뿐이었다. 오빠한테 마음이 쓰여서였다.

"아!"

우연히 하늘을 올려다보았다. 파란 하늘빛이 눈부셨다. 마치 어딘가에 갇혔다가 벗어난 것처럼 속이 후련했다.

바람에 팔랑거리던 벚나무 단풍이 몇 개씩 떨어져 날렸다. 적당한 간격으로 심어둔 벚나무가 떨어뜨리는 고운 이파리들이 마음을 더 가볍게 했다. 혼자 걷는 길이 싫지 않았다.

분식집을 지날 때였다. 귀에 익은 목소리가 들렸다.

"아줌마. 돈은 얘가 낼 거예요. 우리한테 사 준다고 했거든요. 우린 가도 되죠?"

한수오였다.

"잘 먹었다, 정지현! 넌 역시 좋은 친구야."

최수형과 다른 친구 두 명이 따라 나왔다.

"너, 너희가 사, 산댔잖아?"

"우리가? 언제?"

쩔쩔매며 패거리들을 따라 나오던 오빠의 어깨를 한수오가 가볍게 흔들었다.

나는 얼른 분식집으로 갔다.

"오빠, 왜 그래?"

"오, 어디선가 누군가에 무슨 일이 생기면 나타나는 정지현 동생이네."

눈에 힘을 주는 나에게 한수오가 빙글거렸다. 좋았던 기분이 확 구겨졌다.

'왠지, 이상한 냄새가 나더라니…….'

"야! 너 돈 있으면 내놔."

내 짐작이 맞았다는 생각이 끝나기도 전에 오빠가 나에게 손을 내밀었다. 말까지 더듬으며 비굴하게 허둥거리던 조금 전의 모습은 온데간데없었다.

"왜? 무슨 돈?"

"친구들에게 떡볶이 사 주기로 했는데 깜빡하고 돈을 안 갖고 왔단 말이야."

오빠가 거짓말을 했다.

"오빠가 왜 떡볶일 사 줘?"

"만날 얻어먹었으니까 한 번쯤은 내가 사야지."

당당한 척 말했지만 오빠는 나를 똑바로 보지도 못했다.

"뭘 만날 얻어먹어? 오빤 떡볶이, 오뎅 이런 거 안 좋아하잖아?"

"다른 거 얻어먹었어. 그렇다면 그런 줄 알고 돈이나 줘 봐."

오빠가 따지고 드는 내 말을 무시하고 내민 손을 위아래로 흔들었다.

"잘 먹었다, 낼 보자."

한수오가 오빠한테 말했다.

"든든한 동생 있어서 넌 진짜 좋겠다."

최수형과 다른 패거리들이 내 어깨를 툭 쳤다. 신경에 거슬렸다.

"진짜 우리 오빠 친구들 맞아?"

"그럼, 우린 일심동체야. 몸과 마음이 하나라고."

내가 따지자 한수오가 한쪽 다리를 흔들면서 엄지를 치켜세웠다. 일심동체의 정체가 분명해졌다.

"일심동체? 좋은 말이네. 그러면 오늘은 오빠들이 돈 내. 우리 오빤 돈 없다잖아?"

"정지현, 너 왜 그래? 돈 없으면서 우리한테 떡볶이 사 준댔어?"

앙똥한 내 말은 무시한 채 한수오가 오빠한테 물었다.

"깜빡했다잖아. 좀 줘. 집에 가서 준다고!"

오빠가 나한테 소리를 질렀다.

"나 돈 없어. 그리고 오빠들 너무한 거 아냐? 우리 오빠가 아파서 수학여행도 못 간 거 알잖아? 그러면서도 괴롭혀? 아직도 덜 나아서 아무거나 먹으면 안 된다고!"

일부러 소리를 질렀다. 당차고 똑 부러지는 성격에 제 할 일을 잘 한다고 아빠한테 늘 칭찬을 듣는 나였지만 마음이 조마조마했다. 네 명이나 되는 오빠 친구들 앞이라 괜히 주눅이 들었다. 이기지도 못할 걸 잘못 건드렸다가 오빠까지 더 힘들어질까 봐 겁도 났다.

"햐! 이거 세게 나오는데? 우리가 괴롭힌 거 맞아?"

"아, 아니야. 내가 까, 깜빡한 거지."

최수형의 말에 오빠가 고개까지 가로저었다.

"들었지, 봤지? 우린 간다."

한수오를 따라서 패거리들이 돌아섰다.

이대로 물러서면 안 될 것 같았다. 얄밉긴 했지만 오빠가 줄곧 괴롭힘을 당한다는 건 생각하기 싫었다.

"아줌마! 울 오빠 돈 없단 말 들었죠? 떡볶이 값은 저 오빠들한테 받으세요."

내가 말을 끝내고 나오자 아줌마가 달려 나왔다.

"얘들아, 돈 주고 가야…… 얘들 어디 간 거야?"

한참을 달려가던 아줌마가 돌아섰다. 한수오 패거리들은 이미 보이지 않았다.

"걔들 없으니까 할 수 없다. 네가 돈 내야지."

아줌마가 오빠한테 말했다. 오빠는 거의 울상이었다.

"아줌마, 이러시면 저 신고할 거예요. 왜 먹지도 않은 사람한테 돈을 달래요?"

"무슨 어린애가 이렇게 맹랑할까? 신고라니? 할 테면 해라. 음식 먹고 돈 안 내고 가는 사람이 나쁘지 내가 뭘 잘못했다고……."

뱀 대가리처럼 목소리를 높여서 시작한 아줌마의 말이 지렁이처럼 가늘어지다가 끊어졌다.

"저 오빠들 6학년 2반이에요. 한수오만 찾아가면 될 거예요."

기가 막혀 죽겠다는 표정을 짓는 아줌마한테 쐐기를 박듯 말하고 돌아섰다.

"빨랑 가자."

오빠를 다그쳤다.

"야! 네가 뭔데 잘난 척이야?"

"나 아니었으면? 아후~ 진짜!"

찌질이라는 말이 나오려던 걸 겨우 참았다.

화가 나서 탁탁거리며 걷는 나와 달리 오빠는 터덜거렸다. 내일 학교 갈 일이 걱정되었을 거다. 걱정이 되는 건 나라고 다를 수 없었다. 괜히 나섰다가 오빠가 더 힘들어질 것 같아서 마음이 무거웠다. 사실은 한수오 패거리들이 나한테도 시비를 걸면 어쩌나, 그게 더 걱정되었다.

'집에 가서 엄마 아빠께 말해야 해. 나한테는 증거도 있잖아?'

오빠의 휴대폰으로 받은 스크린 샷을 떠올렸다.

주머니에 든 휴대폰을 만지작거리며 마트를 돌아섰을 때였다.

"정지현, 이제 오냐?"

"······!"

하마터면 그 자리에 주저앉을 뻔했다. 한수오 패거리들이 오빠와 내 앞을 막아섰다. 더럭 겁이 났다. 내 앞에서 오빠를 때리기라도 하면 어쩌지? 도망치는 척하고 숨어서 동영상을 찍을까? 머리가 빠르게 돌았다.

"너, 너희들. 아, 안 갔어?"

오빠가 말을 더듬거렸다.

"아, 잘 얻어먹고 인사 끝이 안 좋아서 풀고 가려고."

"맞아. 해결사 동생한테도 고맙단 말 해야지."

최수형은 한수오의 말끝마다 한마디씩 보탰다.

"고마울 거 없어. 우린 돈이 없어서 안 줬더니 아줌마가 낼 오빠들한테 받으러 간대."

겁먹은 마음을 숨긴 채 아무렇지도 않은 척 내가 말했다.

"우리가 누군 줄 알고?"

"다 알던데? 6학년 2반인 거."

"뭐야? 이것들이?"

한수오가 주먹을 쥐었다.

"왜? 때리려고? 오빠들 폭력배였어?"

이미 돌이킬 수 없는 일이었다. 내가 가만히 있어도 어차피 오빠를 가만 두지

는 않을 게 뻔했다. 내가 덤빈다고 달라질 것도 아니겠지만, 그냥 있기에는 너무 억울할 것 같았다.

"때리기만 해 봐. 병원에 가서 진단서 끊어다 신고할 거니까."

일부러 눈을 똑바로 떴다. 눈빛이 흔들리지 않으려고 힘도 팍 주었다.

"햐~ 요것 봐라."

"지금까지 이런 식으로 울 오빠 괴롭혔던 거지? 가만있어 봐. 오빠! 지난번에 멍들었던 거 이 오빠들한테 맞았던 거 아냐?"

한수오와 오빠를 번갈아 보면서 얼굴을 찡그렸다. 오빠가 눈을 내리깐 채 고개를 돌렸다.

2주 전쯤의 일이 떠올랐다. 놀이터에서 지팡이를 주웠던 날, 나한테 잡혔던 오빠의 팔목과 눈두덩에서 멍을 보았던 것 말이다. 내가 때렸다며 엄마아빠 앞에서 길길이 뛰던 오빠였다. 혹시 학교 폭력 당한 거 아니냐는 아빠의 의심에도 절대 아니라고 펄쩍 뛰다가 전봇대에 부딪쳤다고 얼버무렸던 오빠가 새삼 수상했다.

"맞지?"

오빠의 얼굴을 들여다보며 다시 물었다.

"진짜 이거 뭥미?"

한수오가 손가락으로 내 턱을 톡 쳤다. 기분이 나빴다.

"저리 치워!"

내가 한수오의 손을 탁 쳤다.

"치웠잖아. 내 손가락이 본드냐? 너한테 붙어 있게."

내가 친 손을 흔들며 한수오가 말했다. 약간 찡그린 표정에 겁이 났다. 그렇지만 하는 짓이 너무 유치해서 말없이 한수오를 쏘아보았다.

"어쭈~ 어쩔?"

한수오가 내 눈 앞에다 집게손가락을 빙빙 돌렸다. 눈에 잔뜩 힘을 주었지만 여유 있게 빙글거리는 한수오의 눈빛에 질릴 것 같았다. 겁먹은 마음을 들킬까 봐 눈을 내리깔며 오빠한테 말했다.

"빨랑 가자, 오빠!"

얼른 오빠를 돌려세웠다. 더 이상 상대하고 싶지 않았다.

"그래. 잘 가, 낼 보자. 정지현."

한수오가 부른 오빠의 이름이 등줄기에 가시로 박힌 걸까, 등 쪽이 따끔거렸다.

다음 날 아침, 창밖으로 눈길이 갔다. 5층 높이까지 자란 메타세쿼이아의 가는 이파리들이 푸른빛을 잃어가고 있었다. 아파트 광장을 두른 채 자란 벚나무 단풍들이 한 잎씩 떨어지는 중이었지만, 바깥 공기가 쌀쌀하다는 걸 짐작조차 하기 힘들었다.

"학교 안 가?"

엄마 아빠가 출근한 뒤 집을 나서려는데 머뭇거리는 오빠한테 물었다.

"너 먼저 가."

대답을 하는 오빠의 목소리는 바람 빠진 타이어 같았다.

바깥 공기는 꽤 쌀쌀했다. 하늘도 꾸물거렸다. 흐린 하늘 때문에 더 추운 것 같았다.

빨간색 사파리 재킷의 지퍼를 올렸다. 지퍼를 채워서 그런 걸까, 어쨌든 사파리재킷의 색깔을 보자 몸도 따뜻해지는 것 같았다. 빨간색 옷은 기분을 밝게 바꾸고 싶거나 마음이 가라앉았을 때 내가 종종 입는 옷이다.

아파트 화단 옆을 지나다가 우리 집을 올려다보았다. 메타세쿼이아에 가려졌지만 나무와 나무 사이로 주방 쪽 창문이 보였다. 거기 오빠가 서 있었다.

"왜 저기 있어? 학교는 안 가고."

혼자 중얼거리곤 다시 올려다보았다. 오빠가 없었다.

학교 앞 문구점을 지나다가 한수오와 최수형을 만났다.

"야! 너 되게 용감하더라."

한수오가 나를 흘겨보았다. '야!'라는 호칭에 신경이 곤두섰다. 기분이 몹시 나빠졌다. 오빠한테서 들을 때마다 나던 짜증과는 좀 달랐다. 어딘지 어둡고 칙칙한 느낌이었다. 오빠가 그럴 때는 짜증이 나면서도 오빠가 안됐다는 생각이 더 많이 들었다. 한수오가 부르는 소리는 어두운 데서 듣는 고양이 울음소리처럼 축축한 것이 달랐다.

"정지현이 사 준다던 떡볶이 값 내가 냈다."

최수형이 생색내듯 말했다.

별꼴이라는 생각으로 고개를 돌렸다.

순간, 집에 두고 온 별자리 숙제 생각이 났다. 구겨질까 봐 동그랗게 말아서 책상 위에 얹어 둔 채 가방만 들고 나온 것이다.

도망치듯 돌아서서 집으로 달렸다. 현관문을 들어서다가 거실에서 오빠와 마주쳤다. 오빠는 장식장 위에 있던 저금통을 털고 있었다. 배를 가르지 않은 채 동전 넣는 구멍의 한쪽을 눌러서 지폐를 꺼내려는 중이었다.

"오빠, 뭐 해?"

"뭐! 내가 뭐!"

크게 당황한 오빠는 저금통을 손에 든 채 소리부터 질렀다.

우리 가족은 외식을 할 때마다 돈을 모았다. 그날 먹은 음식 값의 1인분에 해당하는 돈을 번번이 저금통에 넣었다. 그렇게 모인 돈을 대림과 사순 기간에 성당에 갖다 냈다.

"특별한 기간에만 돈을 모으는 건 의미가 없어. 각자 양심적으로 돈을 넣는 거다. 가족 외식의 경우는 1인분, 개인적인 군것질을 할 때는 거기서 4분의 1에 해당하는 돈을 그때마다 여기다 모으는 거지."

아빠 덕분에 우리는 무엇을 먹든 배고픈 누군가를 생각하는 습관이 생겼다.

또 하나 좋은 점은 군것질을 덜 하게 된 것이다. 저금통에 돈을 넣기 싫어서라기보다는 배를 곯는 사람도 있는데 간식까지 돈 들여서 사 먹는 게 사치라는 생각을 하게 된 거다.

"그거 대림절에 성당에 낼 돈인 거 몰라?"

내가 저금통을 빼앗았다. 오빠가 잠시 휘청했다.

"뭐! 내, 내가 어쨌다고?"

"어제 먹은 떡볶이 값 때문에 그러지? 그거 최수형이 냈대."

저금통을 제자리에 놓으며 내가 말했다.

오빠가 답답했다. 내 동생이라면 드러내 놓고 감싸 주기라도 할 텐데 순서가
바뀌었다는 생각이 들었다. 할머니가 말하는 삼신할머니가 정말 있다면 이건
삼신할머니의 실수가 분명한 거다.

"그래도 삼신할미가 우리 집을 아예 버린 건 아인 기라. 다 늦게 니를 낳아 내가 을매나 맴을 졸였는데, 에미한테는 첫 아들로 지현이를 떠억하니 안겨 주었다 아이가?"

할머니가 입버릇처럼 하는 말이었다. 할머니의 말에 따르면 딸만 낳는 건 삼신할머니한테 버림받은 집이다.

아무튼 순서인지 성별인지를 바꿔서 잘못 점지한 삼신할머니는 거의 테러 수준의 실수를 한 거다.

'그래. 저도 어쩔 수 없겠지. 삼신할머니가 저렇게 만들었다면.'

삼신할머니를 원망하고 나니 오빠가 딱해 보였다.

엉거주춤 서 있는 오빠를 보며 방으로 들어갔다. 과제물을 챙겨서 나오니 오빠의 방문이 막 닫히고 있었다.

"학교 안 가? 늦겠다."

"……."

묵묵부답. 오빠의 대답을 들을 새도 없이 현관문을 닫았다.

지현이는 왜 결석한 걸까요?
여러분도 비슷한 경험이 없었는지
생각해 보세요.

오빠의 결석

논술 대회를 마치고 집에 오니 오빠 신발이 있었다.

'합기도 안 갔나? 학교에선 별일 없었나 보네.'

물어볼까 하다가 그냥 두었다. 논술 대회 때문에 교육청에서 네 시간을 보낸 터라 오빠의 일이 궁금했다.

'가방이나 먼저 챙겨 놔야겠다.'

책꽂이에 꽂아 둔 플루트 교재를 꺼냈다.

툭 소리를 내며 지팡이가 떨어졌다. 잠시 잊고 있었던 거였다. 다시 보니 새삼스러웠다. 오빠에 대한 감정이 그때만큼 나쁘지 않아서일까, 지팡이가 유난히 꼬질꼬질하다는 생각이 들었다.

버릴까 하는데 오빠가 문을 벌컥 열었다.

"야! 너 언제 왔어?"

"깜짝이야! 노크 좀 해."

마법의 지팡이

놀란 가슴을 움켜쥔 채 내가 말했다.

"노크 같은 소리 하고 있네. 무슨 비밀이 있다고."

오빠가 방 안으로 들어섰다.

얼른 지팡이를 도로 꽂아 두었다. 또 무슨 트집을 잡을지 알 수 없는 일이었다. 마음이 급해졌다. 교재를 찾는 척하면서 지팡이를 책꽂이 안쪽으로 밀어넣었다.

"오늘 합기도 안 갔어?"

아무렇지도 않은 척 슬쩍 물었다.

"무슨 관심?"

"관심 같아?"

"그럼 시비?"

오빠가 말꼬리를 잡기 시작했다. 감이 좋지 않았다.

"학교에선? 별일 없었어?"

"무슨 걱정?"

방에서 나가길 바라는 마음으로 묻는 내 말을 오빠는 무시했다.

평소에는 아침 시간을 빼면 집에서 오빠와 마주칠 시간이 많지 않았다. 엄마 아빠가 없을 때마다 시비를 걸긴 하지만 그것도 대개 주말에만 생기는 일이었다. 오빠와 내가 학원을 가는 시간이 서로 달라서다.

그런데 오늘 따라 일이 꼬이는 기분이었다. 오빠가 합기도에 가 있을 시간에 집에 있다니 괜히 짜증이 났다. 더 있다가는 또 싸울 것이 분명했다. 플루트 교습 시간은 일렀지만 일찍 나서기로 했다.

"비켜! 나 학원 갈 거야."

갑자기 일어서는 바람에 바로 뒤에 서 있던 오빠와 부딪쳤다.

"야! 왜 쳐? 내가 뭘 어쨌다고."

"내가 언제 쳤어? 오빠가 바로 뒤에 서 있는 줄 몰랐잖아. 후아~."

보조가방을 든 채 두 팔을 털면서 한숨을 쉬었다.

"넌 쳐 놓고도 안 쳤다고 뻥도 잘 치더라."

내 어깨를 툭 치곤 오빠가 막아섰다.

"왜 또 이래? 비키라고!"

오빠를 피하면서 슬쩍 밀쳤다. 오빠가 힘없이 나동그라지며 엉덩방아를 찧었다.

"야! 너 진짜 깡패야? 아, 아아아야~."

오빠가 엉덩이 쪽을 문지르며 오만상을 찌푸렸다.

오빠는 진짜 힘이 없는 것 같았다. 그렇게 힘없이 나동그라지다니 어이가 없었다. 게다가 아파서 죽겠다는 듯 엄살이라니 같잖고 황당했다.

"암튼 나 학원 갔다 온다."

오빠가 일어나려는 걸 보면서 서둘러 방을 나왔다. 더 있다가는 몸싸움으로 번질 것이 걱정되어서다.

밖은 벌써 어두웠다. 플루트 교습소에 갈 때까지 달리 있을 만한 곳도 마땅치 않았다.

"진짜 짜증나. 오빠 땜에 밥도 못 먹고 이게 뭐야?"

투덜거리면서 놀이터로 갔다.

그네에 앉으니 엉덩이에 찬 기운이 느껴졌다. 서글펐다. 놀이터를 비추는 가로등이 그나마 작은 위로가 되었다.

배가 고팠다. 오슬오슬하니 추워서 몸도 옹송그려졌다. 오빠의 시비만 아니었으면 저녁을 먹고 나오려던 참이었다. 논술 대회를 마치고 나오면서 받은 우유와 빵을 가방에서 꺼냈다. 찬 우유였지만 빵과 함께 먹고 나니 오히려 몸이 따뜻해지는 것 같았다.

"어? 정수현. 이런 데서 단둘이 만나니까 되게 반갑다, 그치?"

귀에 익은 목소리. 한수오였다. 머리카락이 쭈뼛 서는 것 같았다. 서늘한 바람이 등줄기를 훑는 느낌이었다. 오금이 저렸다.

"……!"

흠칫거리며 가로등을 등지고 선 한수오를 쳐다보았다. 훌쩍 큰 키가 나를 움츠러들게 했다.

"정지현 어디 아프냐?"

오빠를 걱정하는 말투가 아니었다.

"정지현 어디 아프냐고~."

"……."

학교에서 봤으면 알 텐데 괜한 시비에 가슴이 벌렁거렸다.

"와, 하는 말마다 다 씹히고 기분 더럽네."

　한수오가 목을 두어 번 옆으로 흔들더니 빙 돌렸다. 목에서 우두둑 소리가 났다. 어른들이 보는 드라마에나 나오는 폭력배 같았다. 더럭 겁이 났다.

　빠르게 주변을 살폈다. 지나가는 사람도 없었다. 한수오가 주먹 쥔 오른손을 왼손으로 싸 쥔 채 두어 번 문질렀다.

　"너 나한테 기분 나쁜 거 있냐?"

　몸을 한껏 숙인 한수오가 그네에 앉은 내 눈을 똑바로 바라보았다.

"누, 누가 그렇대?"

"그럼 왜 말을 씹어?"

"어, 언제?"

일부러 눈에 힘을 바짝 주는데도 말이 자꾸 더듬거려졌다.

"야! 네가 뭐든지 잘해서 전교 부회장은 되었지만 한 가지는 완전 모르네."

"무슨…… 말이야?"

한수오의 눈길을 피해 슬그머니 그네를 뒤로 밀었다.

"선배를 몰라보고 완전 물 먹이잖아."

한수오가 한 걸음 다가섰다. 나도 한 걸음 더 물러섰다.

"내가 뭘 어쨌다고 나를 무시하냐고."

눈만 동그랗게 뜨고 있는 나한테서 한수오가 그넷줄을 빼앗았다.

"어, 어, 엄마야!"

그넷줄을 잡고 있던 내 몸이 앞으로 쏠렸다.

그넷줄에 끌려가지 않으려고 버텼지만 몸이 휘청했다. 순간 마주친 한수오의 빙글거리는 표정에 멈칫했지만 소용없었다. 한수오의 머리와 내 머리가 정면으로 부딪쳤다. 그런 데다 한수오는 내가 빠져나온 그네 의자에 등을 한 번 더 맞았다.

"으윽!"

한수오가 넘어진 채 제 머리를 감싸 쥐고 몸을 잔뜩 웅크렸다.

'풉! 순 엄살쟁이잖아?'

고소했다. 얼른 그 자리를 벗어났다.

한수오도 오빠만큼이나 엄살이 심한 것 같았다. 내 머리도 약간은 얼얼했다. 그렇지만 싸쥐고 오만상을 찌푸릴 정도는 아니었다. 내 머리가 이 정돈데 그렇게 아프다면 내 머리가 돌이나 무쇠여야 한다. 그런데도 잔뜩 얼굴을 찡그린 채 아파서 어쩔 줄 모르겠다는 그 표정이 생각할수록 웃겼다.

'쳇! 후배인 데다 여학생한테 부딪쳐서 넘어지니까 쪽팔린 모양이지?'

머리를 한 번 더 만지면서 뒤를 돌아보았다. 여전히 머리를 문지르며 황당한 듯 앉아 있는 한수오의 옆에서 빈 그네만 천천히 덜렁거렸다. 오만상을 쓴 한수오의 얼굴이 저절로 그려졌다.

플루트 수업을 어떻게 했는지 내용이 하나도 생각나지 않았다. 학원을 나서려니 다시 걱정이 되었다. 혹시 한수오가 기다리고 있는 거나 아닌지 할금거리며 걷다가 늦게 퇴근하는 엄마를 만났다.

"수현아, 오빠 오늘 학교 안 갔어? 합기도도 안 갔다며?"

"모르겠는데?"

엄마의 물음에 아침의 일을 떠올렸다.

"근데 혹시 오빠네 선생님이 암말도 안 해?"

"아니? 난 오늘 학교 대표로 논술 대회 하러 교육청 갔었잖아. 엄만 나한테 관심이나 있어?"

"네 오빠, 뭐 이상한 점 없었어?

엄마는 내 불만에는 아랑곳도 없었다.

"글쎄……."

심드렁하게 대답을 흐렸다.

아침에 저금통을 털려던 걸 말해야 하나? 아니지, 어제 일부터? 그것도 아니면 채팅창에서 봤던 것부터 얘길 다 할까? 그러고 보니 아까도 좀 이상하긴 했다. 합기도 갈 시간인데 집에서 오빠를 맞닥뜨린 것이다. 괜히 시비를 건다는 생각에 피하기만 했는데 생각하니 그것도 이상했다.

"근무 중에 꺼 놨던 전화기를 켜니까 학교랑 학원에서 문자들이 와 있어서 연락했더니……."

"하루쯤 쉬고 싶었을 테지. 괜히 혼내고 그러지 마. 사춘기잖아."

같이 퇴근하면서 주차 때문에 늦은 아빠도 오빠의 일을 알고 있었다.

"어떻게 된 건지 물어나 봐야지."

"애들 학교 학원 빠지는 거 예사야. 혼내지는 말자고. 그동안 한 번도 안 빠지고 다닌 게 이상하지."

"그럴 수는 있어. 근데 이상해. 내가 바빠서 너무 소홀했던 거 같아."

"참내~ 지현이 일이라면 무조건 곤두서는 거. 당신 그거 병이야. 자식이라면 끔뻑 죽는 고슴도치병."

엄마와 아빠는 서로 다른 생각을 하는 것 같았다.

"나도 그랬으면 좋겠어. 근데 오늘은 학교도 안 갔대. 담임 선생님 전화 받고 내내 이상했는데 합기도에도 안 갔다 그러지, 영어 학원은 갔나? 생각해 봐. 전에 팔이랑 눈두덩에 있었던 푸르딩딩한 멍도 그렇고, 수학여행에 빠진 것도 이상하잖아. 그때도 그냥 스트레스성 소화불량이랬거든."

목소리를 한껏 낮춘 엄마가 지난 일들을 줄줄이 풀어 냈다.

내가 생각해도 오빠가 좀 이상하긴 했다. 수학여행에 빠졌던 날 채팅창을 본 것이 마음에 걸렸다. 어제 떡볶이 사건도 새삼 의심스러웠다.

'정말 한수오 패거리한테 괴롭힘 당하고 있는 거 아나?'

생각하니 화가 났다.

문득 두어 시간 전에 놀이터에서 한수오를 만났던 일도 떠올랐다. 오빠가 어디 아프냐고 물었었다. 지금 생각하니 오빠가 학교엘 안 간 게 이상해서 물었던 것 같다. 놀이터에서 한수오를 만난 얘기를 엄마에게 할까 생각하다가 그만두었다. 엄마가 오빠한테 물어보면 알 일인데 오빠의 이야기에 끼고 싶지 않았다.

"당신 얘기 듣고 보니 좀 걸리긴 하네. 내가 한번 물어볼까?"

잠시 골똘하던 아빠가 오빠 방으로 눈길을 주었다.

"그래. 당신이 물어봐. 난 가슴이 벌렁거려서……."

엄마는 큰일이라도 난 듯 가슴을 눌렀다.

"오케이~."

걱정 말라는 손짓을 하고 아빠가 오빠 방으로 들어갔다.

오빠의 결석 사건은 단순하게 끝났다. 그냥 하루쯤 쉬고 싶었다는 것이 오빠
가 말한 결석 이유였다.

"사춘기가 맞는 거 같아."

오빠 방에서 30분 쯤 후에 나온 아빠의 말이었다.

"몸보다 맘이 먼저 자라나?"

엄마가 입을 삐죽이 내밀었다. 또래에 비해 작은 오빠의 덩치가 염려스러운 모양이었다.

아빠의 말 때문인지 다음 날 엄마는 아침부터 오빠의 눈치를 살폈다. 하긴 뭐, 평소에도 오빠한테는 늘 신경을 썼던 엄마였다.

하루 종일 오빠한테 자꾸 마음이 쓰였다. 쉬는 시간마다 오빠네 교실을 기웃거렸다. 오빠는 별일이 없는 것 같았다.

급식을 먹고 오면서 오빠네 교실을 지나쳤다. 슬그머니 교실을 훔쳐보다가 오빠와 눈이 마주쳤다. 한수오 패거리 사이에 끼어서 급식실로 가는 중이었다. 바짝 신경이 쓰였다. 최수형이 오빠의 어깨에 손을 얹은 것이 괜히 불안했지만 오빠에게서 특별한 느낌을 읽을 수는 없었다.

뒤에서 최수형과 오빠를 감싸 안던 한수오와 눈이 마주쳤다. 한수오는 오른쪽 집게손가락으로 제 이마를 가리켰다. 이마에서부터 눈두덩 위까지가 푸르스름했다. 멍이 든 것 같았다.

잠시 멍한 채 서 있자 한수오는 푸르스름한 이마를 지그시 누르면서 얼굴을 약간 찌푸렸다. 미간과 콧잔등에 잡히는 주름이 인상적이었다. 그런 모습으로 한수오가 나를 향해 눈을 찡긋했다.

포옥, 한숨이 나왔다. 잠시 눈을 감은 채 입술을 지그시 깨물었다.

"저 오빠 너한테 윙크한 거지?"

오빠가 급식실로 내려간 뒤 지유가 나를 툭 쳤다.

"그런 거 아니거든."

"그럼 설마 나한테? 아냐. 분명히 수현이 너를 보고 웃었어. 키도 크고 잘 생긴 것이 완전 훈남! 딱 내 스타일이야."

지유가 두 손을 깍지 낀 채 호들갑을 떨었다.

오후에 들른 영어 학원은 엘리베이터가 고장이었다.

"아! 영어 숙제."

창밖을 보면서 3층 계단을 올라가던 내가 이마를 가볍게 쳤다.

"웬일이야? 꼼꼼이 정수현이……."

"그러게. 나도 요즘 내가 왜 이러는지 모르겠다."

지유의 말에 나는 내 가슴을 가리켰다.

"뭐, 그래도 허당 같은 수현이가 인간적이네."

"그치? 꼼꼼이의 허점을 보다니 위안이 되는걸."

나희와 지유가 한마디씩 하는 걸 뒤로하고 계단을 내려왔다.

나는 헐레벌떡 건물 밖으로 빠져나왔다. 그리고는 영어 학원과 거의 맞붙은 합기도 학원 뒤쪽으로 향했다.

영어 숙제를 잊은 것이 아니었다. 무심코 내려다본 합기도장 뒤편에서 한수오 패거리들에 둘러싸인 오빠를 본 것이다. 다리를 건들거리며 선 한수오 손에 프라모델이 들려 있었다. 언뜻 보기에 천사 건담 중의 하나인 아스트레이 레드 프레임 같았다. 레드프레임은 오빠가 가장 아끼는 프라모델이었다. 가격도 꽤 비쌌다. 게다가 프라모델 중에서는 거의 최근에 나온 신제품이다. 오빠가 가진 프라모델 중에서 가장 비쌀 것이다.

그것은 할머니의 선물이었다. 합기도 승단 심사에서 빨간 띠를 땄다고 받은 것이다. 2년을 다닌 끝에 얻은 결과인데도 할머니는 오빠만 해낸 듯이 기뻐했다. 발차기와 호신술까지 익혔다는 관장님의 인사에 할머니는 오빠가 마치 슈퍼맨이라도 된 것처럼 좋아했다.

"지현이한테 할매가 뭐 해 주까?"

집에 돌아온 할머니가 오빠의 등을 쓸면서 물었다.

"갖고 싶은 게 하나 있긴 한데……."

오빠가 말꼬리를 흐렸다. 엄마나 아빠한테 말해서는 가질 수 없는 걸 갖고 싶은 것이 분명했다.

"지현이도 이제 누가 댐비도(덤벼도) 이길 수 있다 이기제? 그기 먼데? 말해 바라."

"좀 비싸서……."

오빠가 다시 얼버무렸다.

"비싸믄 을매나 비쌀 끼고? 퍼뜩 말해 봐라."

"아스트레이 레드프레임인데…… 예약 주문해야 하는 건데……."

오빠가 머뭇거리면서 할 말을 다 했다. 할머니의 재촉은 확실히 오빠를 뻔뻔하게 하는 힘이 있었다.

"그기 먼지는 모리겠다만 주문해라. 지금 주문하마 언제 오노? 한 열흘 있으마 오나?"

"아니, 적어도 3개월은 걸리는데?"

"아이구~ 그때까정 지겨워서 우예 기다리노? 그래도 갖고 싶으마 주문해라."

할머니는 통장에 돈이 엄청 많으니 걱정 말라는 말까지 했다.

"너 이거 어디서 났어? 네 용돈으로 산 거 아니지?"

3개월 후에 도착한 아스트레이 레드프레임 상자를 들여다보며 아빠가 물었다.

"할머니가 사 줬어요. 합기도에서 빨간 띠 땄다고."

"아이 참! 엄마는!"

아빠가 신경질적으로 말했다. 마치 할머니가 옆에 있기라도 한 것처럼. 할머니가 프라모델을 알 턱이 없으니 오빠가 졸라서 샀다는 걸 모를 리 없는 아빠다.

"조립 과정에서 매뉴얼대로 안 된다고 짜증내면 당장 압수야."

할머니에게 말해도 소용없는 일 이란 걸 아빠는 잘 알았다. 대신 오빠에게 조건을 내걸었다.

"알았어요."

대답은 약속이었다.

과연 오빠는 레드프레임을 조립하는 동안

조용했다. 나한테 시비도 걸지 않았다.

일주일 만에 조립을 끝낸 레드프레임을 벅찬 표정으로 바라보던 모습은 아직도 생생하다.

'저거까지 뺏긴 거야?'

마음이 급해졌다. 내 의심은 점점 분명해졌다. 오빠가 한수오에게 시달리고 있는 것이 분명했다.

"오빠, 뭐 해? 합기도는?"

한수오가 저만치 보이는 지점에서 일부러 큰 소리로 오빠를 부르며 물었다. 여차하면 관장님한테 달려갈 생각이었다.

"정 반장 떴다."

"어디선가~ 누군가에~ 무슨 일이 생기면~."

한수오와 최수형이 이죽거렸다.

"저거 오빠 거 아나?"

레드프레임을 가리키며 내가 물었다.

"빌렸어. 며칠만 갖고 놀다가 줄 거야. 친구끼리 아끼는 거 빌리고 빌려 주고 그러는 건 이상한 일이 아니지."

한수오의 말이 수상했다. 이상한 일이 아니라는 말이 예사롭게 들리지 않았다.

"진짜야?"

오빠를 슬쩍 건드렸다.

"진짜지 그럼. 이게 툭하면 치고 난리야?"

오빠가 눈을 치켜떴다. 오빠한테서 눈길을 돌려서 한수오에게 앙칼지게 쏘아붙였다.

"내놔!"

한수오의 손에 들린 레드프레임을 빼앗으려고 손을 내밀었다. 겁이 나서 끼쳤던 소름이 분노의 바늘로 바뀐 것 같았다.

"어딜?"

패거리 중 한 명이 나를 가로막았다.

"오빠 일에 참견하는 건 하극상이야. 우린 여자라고 안 봐준다."

최수형이 으름장을 놓았다.

"내놔! 내놓으라고!"

"아놔~ 시끄럽잖아?"

내가 악을 쓰자 패거리 중 다른 한 명이 내 어깨를 잡았다.

온몸이 긴장으로 굳는 것 같았다. 나는 입을 앙다문 채 패거리들을 노려보았다. 그러면서 내 어깨를 잡은 손을 획 뿌리쳤다. 나를 잡고 있던 한 명이 힘도 없이 나가떨어졌다.

"야! 너 미쳤어?"

파랗게 질린 오빠의 눈빛이 파르르 떨렸다. 목소리도 떨렸다.

"그래. 미쳤다, 이 등신아!"

내가 오빠한테 소리를 지르는데 넘어졌던 한 명이 다시 달려들었다.

"왜 이래!"

빽 소리를 지르면서 다시 밀쳤다. 이번에는 건물 벽 쪽으로 나가떨어졌다.

"너 진짜 맛 좀 볼래?"

레드프레임을 최수형에게 넘긴 한수오가 나섰다.

잠깐 움찔했지만 눈에 준 힘을 풀지 않았다. 겁은 났지만 이대로 물러설 수는 없었다. 그랬다가는 오빠는 물론 나까지 내내 시달릴 것 같았다.

"무슨 맛?"

내 말이 끝나자마자 한수오가 팔을 들어올렸다.

나는 잽싸게 한수오의 팔목을 잡았다. 내가 생각해도 놀라운 순발력이었다. 더 놀라운 것은 나에게 팔목이 잡힌 한수오의 팔에 그다지 힘이 느껴지지 않는 다는 사실이었다. 단단히 버티려는 한수오의 팔을 뒤로 살짝 밀쳤다.

오른쪽 팔목이 잡힌 한수오가 왼쪽 팔을 올렸다. 그 팔마저 잡히자 이번에는 발길질을 했다. 가만히 있을 내가 아니었다. 얼른 피한 뒤 반사적으로 나도 발길질을 했다. 알 수 없는 용기였다.

"아야야!"

참으려고 애를 쓰면서도 한수오는 앓는 소리를 냈다. 팔목이 잡힌 채 폴짝거리는 꼴이 같잖았다. 한수오의 팔목을 잡고 있던 내 몸도 덩달아서 움직였다.

"한수오, 왜 그래?"

최수형의 목소리에 힘이 없었다.

"우이씨~ 이 계집애 좀 떼어내 봐."

자존심이 한껏 구겨진 한수오의 말에 최수형이 레드프레임을 쳐들었다. 그것

으로 내 손을 때리려는 것이었다.

"엄마야!"

악에 받쳐 소리치면서 눈을 질끈 감았다. 그러면서 한수오의 팔을 잡은 채 위로 치켜들어 최수형을 막았다.

"아악!"

한수오의 비명에 깜짝 놀라 눈을 떴다. 그 바람에 꽉 잡고 있던 손까지 놓쳤다.

한수오가 레드프레임에 맞은 팔을 미친 듯이 흔들면서 마구 뛰었다. 로봇에 맞았으니 정말 아플 것 같았다. 놀란 것은 나만이 아니었다. 모두들 어정쩡한 것이 넋이 빠진 모습이었다. 파랗게 질려 있던 오빠는 다리까지 후들거리고 있었다.

"너! 내 친구들을 때렸어? 나한테 주욱~었어."

어쩡쩡하게 서 있던 최수형이 다시 달려들었다. 여전히 레드프레임을 든 채였다. 어디든 맞으면 멍이 시커멓게 들 것 같았다. 더럭 겁이 났다. 피할 새도 없었다.

"엄마야~."

비명을 지르며 달려드는 최수형을 있는 힘껏 밀쳤다.

레드프레임을 놓친 최수형은 방방 뛰던 한수오한테로 밀려나갔다. 둘은 한꺼번에 바닥에 나동그라졌다.

"저, 저거 천하장사 아나?"

최수형이 넘어진 채 나를 가리켰다.

"천하장사 좋아하시네."

한수오가 일어서며 비아냥거렸다. 잠시 휘청하더니 양쪽 팔을 걷으면서 내 앞으로 다가왔다. 왼쪽 팔목이 벌겠다. 레드프레임에 맞은 곳이 분명했다.

그걸 보고 있는 기분은 이상했다. 이겼다는 생각에 기분이 좋은 건지, 나중에 더 큰 일을 당할지도 모른다는 생각에 불안한 건지 정체를 알 수가 없었다. 다만 추운 듯하던 몸에서 열이 확확 났다.

"저거나 챙겨! 빨리!!"

레드프레임을 가리키며 오빠한테 쏘아붙였다. 마음이 급해졌다. 빨리 달아나야겠다는 생각뿐이었다.

주춤거리던 오빠가 떨어져서 서너 조각으로 분해된 레드프레임을 줍기 시작했다.

"어딜 가려고?"

순간 한수오의 오른팔이 올라갔다. 팔이 내려오는 순간 푸르뎅뎅한 이마가 눈에 들어왔다. 손바닥으로 얼른 이마를 밀쳤다.

"아악! 너 어제는 박치기를 하더니 오늘은 주먹으로 쳤어?"

어떤 힘에 밀려 뒷걸음질치던 한수오가 이마를 싸안고 비칠거렸다. 그러더니 두 손으로 머리를 감싼 채 몸을 잔뜩 움츠렸다. 몹시 아픈 것을 참아 내는 듯했지만 엄살인 걸 모를 내가 아니었다.

그때였다. 한수오가 힘없이 풀썩, 쓰러졌다. 쓰러진 한수오의 입가에 거품 같은 것이 보였다.

"어? 왜 그래, 한수오!"

최수형과 패거리들이 놀라서 한수오를 흔들었다. 어리둥절한 것은 나도 마찬가지였다. 오빠도 새파랗게 질린 듯했다. 그렇지만 도망칠 기회는 이때다 싶었다. 얼른 그 자리를 벗어나고 싶다는 생각뿐이었다.

"가자! 엄살쟁이들~"

멍하니 서 있는 오빠를 끌고 돌아 나오다가 슬쩍 뒤를 돌아보았다.

"진짜 천하장사 아냐?"

아예 덤빌 엄두도 못 내고 서 있던 한 명이 겁먹은 표정으로 나를 흘깃거렸다.

소매치기 사건

프라모델 사건 이후 무슨 일이 생길지 몰라 내내 마음을 졸였다. 다행히 거의 2주가 지나도록 별일이 없었다. 그동안 오빠도 나한테 더 이상 시비를 걸지 않았다. 그저 눈이 마주치면 힐끗 흘겨보기만 할 뿐이었다. 오빠의 그런 모습을 보는 것이 마냥 편안하지는 않았다. 무슨 일이 생긴 건 아닐까, 불안했다.

학교에서도 오빠한테로 신경이 쏠렸다. 가끔 오빠네 교실을 살폈다. 다행히 오빠는 별 사건 없이 지내는 것 같았다. 어찌 된 일인지 한수오 패거리한테 시달리는 낌새도 없었다.

내일 학교 가면 어쩌지?

사건이 있었던 다음 날은 이런 생각에 학교 갈 일이 정말 걱정이었다.

오빠만 괴롭히나?

그 다음 날도 조용하게 넘어간 것이 찝찝했다. 나도 가만두지 않겠다던 한수오의 말이 뾰족 돌멩이처럼 신경을 곤두세웠다. 넌지시 오빠네 교실을 기웃거렸지만 오빠를 괴롭히는 낌새는 없었다.

크게 벼르고 있나?

사흘이 지나도록 조용한 것이 이상했다. 무슨 일을 꾸미고 있는 건 아닌지 불안감은 점점 더 커졌다.

진짜 내가 힘이 센 건가? 그래서 더 이상 오빠를 괴롭히지 않기로 했나 보다.

별일 없는 며칠이 지나자 일어나지 않을 걱정은 하지 않기로 했다. 마음이 조금씩 느긋해졌다.

토요일. 나희, 지유와 함께 전통 시장을 돌아보기로 했다. 괜히 들떴다. 우리들끼리 시내버스를 타고 하는 외출은 처음이다. 쉽지 않은 부모님의 허락을 얻어 낸 것은 전통 시장 조사하기 숙제 덕분이었다.

전날부터 설렜던 터라 잠을 설쳤는데도 마음이 가벼웠다.

"뭐 하러 시내까지 가는데?"

외출 준비를 끝낸 나에게 엄마가 새삼스럽게 물었다.

"전통 시장 조사해야 한다 그랬잖아?"

"괜히 복잡하기만 하고 시간만 걸릴 텐데 왜 거기까지 가려는 건지 도무지 이해가 안 간다."

엄마가 다시 딴죽을 걸었다.

"전통 시장도 넓은 델 가야 장단점이 더 잘 보일 수도 있어."

"주일학교에는 늦지 않도록 올 거지?"

아빠의 두둔에 엄마가 말머리를 돌려 물었다.

"조사 끝나면 점심만 먹고 들어올 거야."

걱정하지 말라는 투였지만 내 대꾸는 심드렁했다. 엄마의 걱정에서 빨리 벗어나고 싶었다.

우리끼리 하는 외출은 마냥 설렜다. 현장 학습보다 더 기대가 되었다. 어른들이 없다는 생각만으로도 외출은 생각보다 즐거웠다. 비린내에 코를 막고 생선 가게를 지나면서 사진을 찍고 이런저런 메모를 했다. 닭을 파는 가게에서는 닭 껍질을 벗겨 주는 것이 신기했다. 백화점이나 마트에서는 이런 거 안 해 준다며 주인이 생색을 냈다. '전통 시장의 편리한 점'에 그대로 적었다.

단추를 파는 가게는 신기했다. 셀 수도 없을 만큼의 단추들은 귀엽고 깜찍했다. 괜히 달 데도 없는 단추도 재미 삼아 몇 개 샀다. 옆으로 신발 가게며 옷 가게가 보였다. 큰 글씨로 '반액 세일'이라고 적혀 있었다. 소문대로 '현금 구매 시 5% 추가 세일'이라는 문구도 작게 적혀 있었다.

"여긴가 봐."

나희를 따라 가게 안으로 들어섰다. 오전인데도 복작거리는 사람들로 가게 안은 북새통이었다. 옷은 진열조차 했던 적이 없는 것처럼 흐트러져 있었다. 마음에 드는 걸 고르려고 사람들이 들었다 놨다 하는 사이 그렇게 된 것이다.

우리는 주니어복을 파는 곳으로 갔다. 하나씩만 사려고 한창 고르는 중에 나희가 나를 툭 쳤다.

"수현아, 저기······."

고개는 내 쪽으로 돌린 채 나희는 반대쪽으로 눈짓을 했다.

나희가 가리킨 곳은 복잡한 옷 가게 계산대였다. 할인 판매 중이어서 계산을 기다리는 사람들이 줄을 서 있었다. 나희가 눈짓으로 가리킨 사람은 여러 벌의 옷을 들고 기다리는 아주머니였다. 그 옆에 따라 붙은 말쑥한 차림의 청년이 아주머니의 가방에 손을 넣고 있었다. 소매치기였다. 그런데도 아주머니는 눈치조차 채지 못하고 있었다. 가슴이 마구 두근거렸다.

"야! 안 돼."

뭔가 말을 하려고 달려가려는 지유를 내가 잡아당겼다.

나도 모르게 핸드폰이 든 주머니로 손길이 갔다.

'동영상을 찍어야 해. 찍을 수 있을까?'

이런 생각과 함께 진열대 옆 마네킹 쪽으로 몸을 숨겼다. 비교적 덜 복잡한 곳이어서 다행이었다.

지갑이 얼른 손에 잡히지 않는지 소매치기는 마치 제 것인 양 아주머니의 가방을 뒤적거리고 있었다. 가까스로 아주머니의 지갑을 꺼낸 청년은 두 사람을 지나쳐 다른 아주머니의 지갑도 잽싸게 꺼냈다. 소매치기의 손놀림은 번개 같았다. 2분 남짓 정도의 짧은 순간이었지만 줄을 선 사람들의 지갑을 몇 개나 더 꺼냈다. 그 모습은 내 휴대폰에 고스란히 찍혔다. 사람들은 이런 내 모습에 아무도 관심이 없었다. 하나같이 옷을 고르는 데만 정신이 팔려 있었다.

"어? 내 지갑!"

차례가 되어 계산을 하려던 아주머니가 어쩔 줄 몰라 했다. 그 모습을 흘끔

흘겨보던 청년이 지갑 한 개를 더 꺼냈다. 그러더니 우리 쪽을 힐끗 돌아보았다. 눈이 마주친 것 같아서 간이 콩알만 해졌다는 말이 실감났다.

가슴이 철렁했다. 옷을 고르는 척하며 어정쩡하게 서 있던 지유와 나희가 진열대 아래로 몸을 숨겼다. 나도 마네킹 뒤로 몸을 더 숨겼다. 저절로 눈이 감겼다.

"수현아! 괜찮아? 이제 나와. 소매치기 갔어."

지유가 옆으로 와서 속삭였다.

옷 가게 안은 금방 술렁거렸다.

"손님, 지갑 찾으시는 동안 다음 분부터 계산할게요."

계산대 앞에 늘어선 사람들을 본 옷 가게 주인이 가볍게 짜증을 냈다.

"분명히 갖고 나왔어요. 소매치기 당한 거 같아요."

아주머니가 울상을 지었다.

"범인은 이 안에 있어요. 가게 문 닫고 경찰에 연락해요."

술렁거리는 사람들 사이에서 아주머니가 목소리를 높였다.

"이거 보세요, 손님. 행사 망치실 작정이세요?"

"나도 오늘 이 행사 오려고 가방에 지갑을 넣고 나왔다구요."

"그러니까 찬찬히 찾아보세요. 다음 손님부터 계산할게요~."

옷 가게 주인이 아주머니를 살짝 밀치고 다음 사람을 불렀다.

"현금 행사다 보니 소매치기가 노린 게 틀림없어요."

"이게 무슨 현금 행사예요? 카드결제를 안 해 드리는 것도 아닌데. 다만 시간 절약을 위해서 현금 거래를 하시는 고객 분들께 더 혜택을 드리는 거잖아요?"

"5%가 어딘데? 저거 보고 현금으로 사는 사람들이 대부분이잖아요? 소매치기가 그걸 모르겠어요?"

한쪽으로 밀려난 채 거칠게 항의하는 아주머니의 말에 사람들이 가방을 살폈다.

"어머! 진짠가 봐."

"나도 없어졌어. 어떡해?"

"문 닫고 신고해요, 빨랑!"

그제야 가방을 살피던 다른 아주머니들이 발을 동동 굴렀다. 옷 가게 안은 아수라장이 되었다.

　누군가가 옷 가게 문을 닫았다. 사람들로 꽉 들어찬 가게 안은 금방 갑갑해졌다. 어질러진 옷가지만 봐도 이미 난리를 한바탕 치른 것 같은데 사람들까지 술렁거리자 내 가슴은 더 벌렁거렸다.

　"어떡하지?"

　"가서 보여 주자."

　지유가 고민하는 나를 잡아당겼다.

　우리는 복잡한 사람들 틈을 비집고 계산대 앞으로 갔다.

　"아유~ 이런 애들까지 와서 더 복잡하잖아!"

　처음에 지갑을 소매치기 당한 아주머니가 우리에게 짜증을 냈다.

　"소매치기 도망쳤어요. 저, 이, 이거요."

　동영상을 찍은 핸드폰을 옷 가게 주인에게 내밀었다.

　"어머! 어머! 이게 뭐야? 진짜 소매치기네."

　동영상을 들여다보던 옷 가게 주인이 놀란 입을 다물지 못했다.

　"얘! 이걸 찍고만 있으면 어쩌니? 봤으면 바로 말을 해야지! 세상에, 간이 떨려서 이걸 어떻게 찍고 있었대?"

　처음에 찍힌 아주머니가 나한테 다시 짜증을 냈다. 어처구니가 없었다. 당황스러워서 말문이 막힌 탓도 있지만 마치 죄인이 된 듯해서 아무 말도 하지 못했다.

"말했다가 보복당하면 어쩌라고요?"

지유가 아주머니에게 따지듯 말했다.

"맞아요. 우리 불찰로 잃었는데 왜 애들한테 뭐래요?"

다른 사람의 말에도 투덜거리던 아주머니는 여전히 화가 난 표정이었다.

"그래. 맞다. 너희가 현명했어. 됐어. 범인 잡는 건 시간문제야."

옷 가게 주인이 동영상을 자신의 핸드폰으로 옮겼다.

"너네 참 용감하다. 일단 오늘은 집에 가고, 혹시라도 경찰서에서 참고인으로 부를지도 모르겠다."

112에 신고 전화를 한 옷 가게 주인이 말했다.

'경찰서?'

좋은 일을 했다는 생각보다 괜한 일에 얽혀 들었다는 생각이 먼저 들었다. 아무리 얽히고설켜서 사는 세상이라지만 이런 일에 끼고 싶지는 않았다. 더구나 내 일도 아닌 일에 괜히 오지랖을 펼친 건 아닌가, 머릿속이 복잡했다. 갑자기 두통이 생긴 듯 머리가 묵직했다.

"나 뭐 먹을 기분 아냐. 우리 그냥 집에 가자."

아케이드를 벗어나면서 내가 말했다. 놀란 가슴은 여전히 벌렁거렸다. 빨리 집에 가고 싶은 마음뿐이었다.

"그래. 다음에 다시 오자."

지유의 목소리에 아쉬움이 가득했다.

버스 정류장으로 질러 가는 골목길로 들어섰다. 골목길은 조용했다.

좁은 골목을 들어섰을 때 핸드폰이 울렸다. 화들짝 놀라며 핸드폰을 꺼냈다. 발신자 확인을 하려는데 누군가가 핸드폰을 낚아챘다.

"엄마야!"

나희가 비명을 지르며 달아났다.

내 핸드폰을 빼앗은 채 나희에게 주먹을 든 사람은 소매치기였다. 가까이서 보니 옷 가게 안에서 보던 것보다 덩치와 키가 훨씬 컸다. 숨이 멎는 것 같았다. 등줄기로 식은땀이 배어 나왔다. 주춤거리며 선 지유도 얼굴빛이 하얘졌다. 핏기가 사라진 얼굴은 미라 같았다.

"너도 가!"

소매치기가 지유를 떠밀면서 소리를 질렀다. 휘청하던 지유도 주춤거리며 달아났다. 온몸의 힘이 다 빠져나간 것 같았다.

"요거요거 아주 맹랑하네. 그래, 네가 이 오빠의 활약상을 촬영했단 말이지?"

나를 끌고 골목 안의 더 구석진 곳으로 간 소매치기가 핸드폰을 살폈다.

"가만, 그러고 보니 꽤 참하게 생겼는걸. 어때? 너 이 오빠랑 사업 같이 해보지 않을래? 일은 많고 혼자 하려니 여간 바쁜 게 아니어서 말이지."

소매치기가 핸드폰으로 내 머리를 툭툭 쳤다. 아프지는 않았지만 어쩐지 멍이 드는 느낌이었다. 온몸이 오그라드는 것 같아서 나는 그 자리에 주저앉았다.

"어때? 꼬마 아가씨. 대답해 봐. 이런 거 찍을 때는 관심 있어서 찍은 거잖아."

내 앞에 바짝 다가앉은 소매치기가 이번에는 핸드폰으로 내 턱을 들어올렸다.

"왜, 왜 이러세요?"

"얌마! 남의 사업 망쳐 놓고 뭐? 빨리 대답해. 네 친구들이 짭새 불러오기 전에. 확! 그냥."

소매치기가 주먹을 들며 을러댔다. 가슴이 오그라드는 것 같았다. 지유와 나희가 신고를 하기 전에 나를 어떻게 하겠다는 말로 들렸다.

소매치기가 나를 발로 툭툭 찼다. 겁에 질린 채 쪼그려 앉았던 나는 그 자리에 나동그라졌다.

"어쭈구리~ 요런 거 찍던 용기는 다 어디 가셨나? 에잇!"

소매치기가 내 얼굴을 향해 발길질을 했다. 얼굴을 감싼 채 순간적으로 몸을 휙 굴렸다. 발길을 피해야겠다는 생각뿐이었다.

나동그라진 채 손으로 얼굴을 가린 내 몸은 바짝 긴장이 되었다. 나도 모르게 몸에 힘이 들어갔다. 손가락 사이로 다시 발을 든 소매치기가 보였다. 나는 얼른 손을 뻗어 소매치기의 발을 떠밀었다.

"악!"

소매치기가 비명을 지르며 저만치로 나가떨어졌다. 오만상을 구긴 소매치기는 금방 일어났다.

"이게 겁대가리도 없어!"

말끔하게 생긴 소매치기의 얼굴이 험악하게 구겨졌다. 오싹 소름이 돋았다.

"야! 오늘은 이쯤 해 두고 간다."

소매치기가 내 휴대폰을 흔들었다.

나는 얼른 몸을 일으켰다. 돌아서는 소매치기를 붙잡았다. 휴대폰을 빼앗아야 한다는 생각에서였다. 허리춤을 잡았는데 뜻밖에도 소매치기는 쉽게 끌려왔다. 그렇게 끌려오는 걸 보면서도 잔뜩 겁이 났다.

"어? 어어?"

당황해서 내 손을 잡는 소매치기를 있는 힘껏 담벼락 쪽으로 밀어붙였다. 쥐도 막다른 데로 몰리면 고양이를 문다던가? 내가 막다른 데로 몰린 쥐 꼴이었다. 어디서 용기가 솟았는지는 나도 알 수 없었다.

"어이쿠!"

담벼락에 머리를 부딪친 소매치기가 그 자리에 쓰러졌다.

그때였다. 호루라기 소리가 요란하게 들렸다.

"수현아!"

"정수현!"

나희와 지유가 부르는 소리도 들렸다.

"여, 여기, 여기……."

소리를 질렀지만 내 목소리는 골목 안에서 맴돌았다. 발도 땅에 붙은 것처럼 움직이지 않았다. 경찰관 두 명의 뒤로 나희와 지유가 보였다.

"수, 수현아, 괜찮아?"

"미안. 우리만 달아나서. 그래도 바로 신고했어."

지유와 나희가 미안해했다.

"이 자식, 뉘우치고 잘 사는 줄 알았더니."

"학생, 다친 데 없어? 근데 이게 어떻게 된 거니?"

경찰관들이 꾸물거리며 몸을 일으키는 소매치기의 멱살을 잡았다. 경찰관들의 손에는 지갑이 한 주먹 들려 있었다.

"……모…… 르겠어요."

내 몸이 스르르 나희와 지유 쪽으로 무너지듯 기울었다.

기운이 빠져 하얗게 질린 채 경찰차에서 내리는 나를 본 엄마는 까무러칠 듯이 놀랐다.

"무, 무슨 일이야? 왜 네가 경찰차를 타고 오니?"

"용감한 일을 한 것인데 좀 놀랐을 겁니다."

경찰관이 엄마를 진정시켰다. 경찰관이 자초지종을 이야기하는 동안 나는 머리가 빙빙 도는 것 같았다.

"무슨 용감한 일을 했는데요?"

오빠의 목소리에 호기심이 가득했다.

"지현이는 어서 주일학교에나 가거라."

대충 사태를 짐작한 아빠가 오빠의 등을 떠밀었다.

"이게 도대체 무슨 일이야? 전통 시장 조사하러 나간 애가 이게 무슨 일이냐고!"

경찰이 돌아간 뒤 엄마가 몸을 벌벌 떨었다.

"별일 아니라잖아? 수현이도 무사하고."

"왜 자꾸 이런 일이 일어나는 거냐고!"

아빠가 달랬지만 엄마는 어쩔 줄 몰라 했다.

그때까지도 나는 멍했다. 동영상을 찍은 뒤로 무슨 일이 벌어진 건지 아무 생각도 나지 않았다. 그날 오후 내내 나는 열에 들뜬 시간을 보냈다.

잠을 푹 잔 덕분일까, 다음 날 열이 내렸다. 전날 있었던 일이 나쁜 꿈을 꾼 것처럼 가물거렸다. 일의 순서가 뒤죽박죽 떠올랐지만 뭔가에 홀린 기분이었다. 내 방을 들여다본 뒤 열이 내린 걸 확인한 엄마랑 아빠는 예식장에 갔다.

"괜찮아, 정수현?"

겨우 몸을 추슬러 화장실에 갔다 오는데 오빠가 말했다. 오빠가 나를 걱정하다니 좀 놀랐다. 게다가 처음으로 내 이름을 부른 것이다.

"한수오 입원했어."

느닷없는 말이었지만 내가 깨어나길 기다렸던 듯했다.

"언제 했대? 근데 한수오 입원한 걸 나한테 왜 말해?"

"너 정신 완전히 차렸지? 이리 와 봐."

눈을 동그랗게 뜨는 나를 오빠가 제 방으로 끌고 갔다.

"입원은 이틀 전에 했는데 그동안 결석을 좀 했어. 너한테 맞은 뒤부터 머리가 아프고 자주 토하고 그랬대."

"헐~ 말이야 방구야? 내가 뭘 어쨌다고. 내가 언제 때렸니? 그리고! 그 다음 날부터 학교에 쭉 나왔잖아?"

그동안 오빠네 교실을 살폈다는 말을 덧붙였다. 갑자기 머리가 어질어질했다. 기가 막혔다. 겁도 났다. 머리 쪽을 때린 기억도 없는데 나한테 맞았다니 어이가 없었다.

"아프고 자주 토한 것이 그날 이후부터였다니 아예 독박을 씌우라 그래!"

이마를 짚으며 내가 톡 쏘아붙였다.

"너, 너 아직 어지럽냐?"

"아냐. 괜찮아. 근데 병명이 뭐래?"

"몰라, 나도. 근데 최수형이 그러더라. 머리를 세게 부딪친 적 없냐고. 뇌 손상이 의심된다고 의사가 그랬대. 사실은 학교에서도 몇 번 토하는 건 나도 봤어. 근데 뭘 잘못 먹고 체한 거 같대서 그런 줄 알았지."

오빠도 잔뜩 겁을 먹은 표정이었다.

"오빠 겁 주려고 그러는 거 아냐? 괴롭히는 방법을 바꾼 거 같은데? 기껏 배

탈 난 걸 가지고 또 엄살이나 부리면서 죄책감을 갖게 하자는 쪽으로."

말은 그렇게 했지만 오빠의 말만 들은 터라 가슴이 두근거렸다. 한편 내 말대로라면 야비하다는 생각에 화도 났다. 오빠는 대꾸도 없었다.

"암튼 그 오빠들이 그동안 오빠 괴롭혔던 거 맞지?"

"야, 그 얘기가 왜 나와? 친구가 아프다는데……."

"친구는 무슨? 힘자랑 할 데가 없어서 스트레스 받았을 거야. 잘됐네, 뭐. 제발 졸업할 때까지만 입원하라 그래."

"그럴 때가 아냐. 선생님이 한수오 입원한 얘길 하니까 애들이 수군거렸어. 정지현 동생한테 맞아서 그런 거 아니냐고. 최수형이 창피하니까 입 다물라고 협박해서 조용해지긴 했는데 선생님한테 말할지도 몰라."

"무슨 걱정이야. 선생님이 알면 그 패거리들이 더 혼날 텐데? 난 사실대로 말하면 돼."

모든 걱정을 떨쳐 버리려고 짐짓 오빠의 말을 무시했다.

"그래도 어쨌거나 한수오가 입원까지 했잖아."

"나 때문도 오빠 때문도 아냐. 그냥 아픈 거겠지. 아니면 이런 식으로 오빠랑 나 괴롭히는 거라니까?"

오금은 저렸지만 다시 한 번 아무렇지도 않은 척 쐐기를 박고 방으로 들어왔다. 큰소리를 쳤지만 머리가 다시 지끈거렸다. 열도 나는 것 같았다.

'아프다는 거 정말일까, 정말이면 어떡하지, 아프면 뭐? 내가 어쨌다고.'

한참을 서성이다가 침대에 누웠다. 잠이 오지 않았다. 책을 펼쳤지만 내용이 눈에 들어오지 않았다. 머릿속을 어지럽히는 생각을 떨쳐 버리려고 글자들을 한 자 한 자씩 뚫어져라 들여다보았다. 요술이라도 부리는 건지 글자들이 제멋대로 움직이는 것 같았다. 그 글자들이 더러는 가슴으로 더러는 머릿속으로 들어가서 닥치는 대로 콕콕 찔러 대는 느낌이었다.

수현이와 지현이의 사이는
어떻게 될까요?
상상하면서 뒷글을 써 보세요.

부러진 지팡이

　방으로 돌아온 나는 책을 펼쳤다. 침대에 누워서 책을 읽었다. 한참을 읽었는데 도무지 무슨 내용인지 생각이 나지 않았다. 머릿속은 온통 한수오의 입원 생각으로 가득했다.

　"진짜! 내 잘못은 아니라고!"

　머리맡에다 책을 놓으며 악을 썼다.

　"무슨 소리니? 누구랑 전화 통화라도 하니?"

　예식장에서 돌아온 엄마가 내 방 앞을 지나다가 문을 열고 물었다.

　"아, 아닌데?"

　나도 모르게 침대에서 벌떡 일어났다.

　"그런데 방금 누구한테 소리를 질렀니? 엄마 깜짝 놀랐잖아. 아파서 헛소리 하는 줄 알고."

　"으응. 하, 학예회 때 할 연극 연습해 봤어."

"암튼 똑 부러지는 우리 딸, 못 말려요. 좀 더 쉬지 않고 학예회 연습이야?"

엄마가 내 뺨을 두 손으로 감쌌다.

"아직 열 있네. 그만 쉬어. 실감 나는 연기 연습 그만하고."

"알았어."

대답을 하는데 등줄기로 식은땀이 흘렀다.

엄마가 나간 뒤에도 마음은 여전히 복작거렸다. 어떡하지? 정말일까? 아닐 거야. 몇 번이나 일어났다 누웠다를 되풀이한 그 시간이 무척이나 길게 느껴졌다.

"아무래도 나 내일 오후에 한수오한테 가 봐야 할 거 같다."

저녁을 먹은 후 오빠가 내 방으로 따라와서 말했다. 오빠의 말투에는 힘이 많이 빠져 있었다. 억지 대장보다는 나았지만 낯설었다. 풀 죽은 모습이 안돼 보이기도 했다. 아무려나 이유 없는 짜증이나 시비가 없는 것은 좋았다.

"그래? 혼자 괜찮겠어?"

같이 가서 어떻게 된 건지 알아보고 싶은 마음을 이렇게 포장했다.

"왜 혼자야? 친구들 있는데⋯⋯."

약간은 발끈했지만 오빠의 말꼬리가 흐려졌다.

"같이 갈까?"

나도 슬그머니 따라 가서 확인을 하고 싶었다.

"왜?"

"그냥⋯⋯."

"그러든지."

오빠가 화내지 않고 내 생각을 받아준 건 처음 있는 일이었다. 사실은 오빠도 혼자 가기는 두려웠던 것 같았다.

다음 날, 병원에서 오빠랑 만났다. 조금 진정되었던 가슴이 다시 벌렁거렸다. 한수오가 나 때문에 입원했을지도 모른다는 생각이 다시 나를 사로잡았다. 그렇지만 아무렇지도 않은 척 엘리베이터를 탔다. 오빠한테는 내 마음을 들키고 싶지 않았다.

한수오는 4인실 병실 입구 쪽 침대에 누워 있었다. 혼자였다.

"수오 친구들이구나. 방금 점심 먹고 잠들었는데 기다릴래?"

뚱뚱한 아주머니가 우리를 맞았다. 나이는 꽤 많은 듯했는데 한수오의 엄마 같았다.

"수오 왜 그렇대요?"

병실 밖으로 나온 아주머니에게 오빠가 알고 싶은 쪽으로 물었다.

"음…… 외부 충격으로 생기기도 하고, 유전적인 원인일 수도 있고, 뭐 아무튼 원인이 분명하지 않은 병이란다."

아주머니는 표정이 아주 담담했다.

오빠와 눈이 마주쳤다. 외부 충격으로 생기기도 하는 병이라니, 가슴이 철렁했다. 그렇다면 나한테 떠밀렸다가 넘어지면서 머리를 다친 건가, 아니면 그네에 맞아서 그런 건가?

내 머릿속에는 외부 충격이라는 말만 맴돌았다.

"무슨 병인데요?"

내가 얼른 물었다.

"뇌종양이라고 들어 봤니? 근데 다행히도 수오는 양성이래. 검사 결과가 좋으니까 수술만 하면 괜찮아질 거야. 학교는 좀 오래 쉬어야겠지만."

아주머니는 친절했다. 오빠나 내가 궁금해하는 걸 아는 것 같았다.

"저, 센터장님. 수오가 찾는데요."

병실 안에서 다른 아주머니가 나왔다.

"센터장님? 그럼 한수오 엄마가 아냐?"

아주머니가 병실로 들어간 뒤 오빠한테 속삭였다. 오빠도 모른다는 듯 고개만 저었다.

"들어올래? 수오야. 친구들 왔네."

우리를 부른 아주머니의 말에 한수오가 힐끗 쳐다보았다.

"수, 수오야……."

"가!"

쭈뼛거리는 오빠를 향해 한수오가 소리를 질렀다.

오빠도 나도 찔끔했다. 그 자리에서 얼음이 되었다.

"왜 그러니? 걱정돼서 온 친구들한테……."

아주머니가 한수오를 달랬다. 일어나 앉았던 한수오는 대답도 없이 누웠다. 그러더니 이불을 푹 뒤집어썼다.

"우리 나갈까?"

아주머니가 우리를 다시 데리고 나왔다.

"너무 서운해하지 마라. 수술을 앞두고 예민해 있을 거야. 센터에 올 때도 자주 인상을 쓰곤 했는데 지금 생각하니 곧잘 머리가 깨질 듯이 아팠던 모양이야. 그걸 쭉 참아 왔던 걸 내가 몰랐던 게 미안해 죽겠다."

"센터요?"

"으응, 난 다윗 지역아동센터장이야. 거기서 수오랑 다른 애들 몇 명에게 방과 후에 공부도 봐주고, 체험 학습도 도와주는 사람이야."

아주머니가 한수오와의 인연을 간단하게 설명했다.

지역아동센터는 방과 후에 아이들을 돌봐주는 곳이다. 대개는 돌봐줄 사람이

마땅치 않거나 가정 형편이 어려운 아이들의 돌봄 센터다. 그런 곳이 있다는 이야기는 들었지만 한수오가 그곳을 이용하는 줄은 오빠도 몰랐던 것 같았다.

"언제부터 머리가 아팠는데요?"

마음이 급해진 내가 물었다.

"내가 확실하게 안 건 지난번 센터 버스 안 타고 왔던 날이니까 한 2주쯤 된 거 같네. 그날 어지러워서 담벼락에 부딪쳤다면서 머리랑 팔에 멍이 시퍼렇게 든 채 왔어. 센터에서 두 번인가 토하기도 했는데 밤에 집에서도 가끔 토하곤 했나 보더라."

아주머니는 친절했다. 우리가 보호자라도 되는 양 그간의 일을 풀어냈다. 아주머니가 알고 병원에 데려가려고 했지만 한수오가 버티는 바람에 그럴 수가 없었다. 결국 며칠을 견디다가 쓰러져서 입원을 시킨 거라고 했다.

뜨끔했다. 2주쯤 됐다면 프라모델 사건이 있었던 날이 틀림없었다. 정말 나 때문인가? 아닐 거야. 그전부터 머리가 가끔 아팠다고 했잖아. 아주머니가 알게 된 게 그날이라잖아.

버리려고 아무렇게나 뭉쳐 둔 전선 코일처럼 머릿속이 복잡하고 어수선했다. 가끔씩 찌릿찌릿한 게 전기가 이어졌다 끊어졌다 하는 것 같아서 기분이 나빴다.

늘 괴롭힘만 당했지만 오빠도 마음이 편치 않아 보였다. 여름 날 뽑아 놓은 화단의 풀처럼 축 늘어진 모습이 딱했다.

집에 오니 마음이 조금은 편안해졌다. 그사이 소매치기 사건은 내 동영상 덕분에 잘 마무리되었다. 휴대폰은 아빠가 새로 사 준 것으로 바꿨지만 처음 샀을 때처럼 설레지 않았다. 소매치기 사건 이후 가능하면 친구들과 하던 톡도 꼭 필요하지 않으면 하지 않았다. 내키질 않았다.

경찰서장이 준다는 용감한 어린이 표창장도 받지 않았다. 아빠도 나와 같은 생각이었다. 엄마는 달랐다. 그런 표창장이 앞으로 얼마나 좋은 스펙이 될지도 모른다는 거였다.

"수현이가 받기 싫다잖아."

"아직 어려서 뭘 몰라서 그렇지."

"어리기 때문에 표창장이 트라우마를 만들 수도 있다는 건 생각 안 해?"

아빠가 가볍게 화를 냈다. 아빠가 정말 고마웠다. 나에게 그 일은 될 수 있으면 하얗게 지워 버리고 싶은 기억이었다.

오빠도 더 이상 시달리지 않는 듯했다. 줄어든 신경질과 함께 반찬 투정도 줄었다. 나한테 시비를 거는 일도 줄었다.

"중학생이 되려면 몸도 좀 만들어야지."

겨울방학이 일주일 남짓 남았다. 토요일이라 평소보다 좀 늦은 아침을 먹은 다음 아빠가 오빠의 설득에 나섰다. 밥 좀 잘 먹게 운동 좀 시키라는 엄마의 성화 때문이었다.

"알았어요. 방학 때부터 할게요."

오빠의 대답은 뜻밖에도 순순했다.

"……."

"……!"

"……?"

아빠는 물론 나도 벌어진 입을 다물지 못했다. 빈 그릇을 싱크대로 옮기던 엄마도 놀라서 돌아보았다. 당연히 싫다는 말부터 나올 줄 알았다. 아빠도 당장 긍정적인 대답을 기대하고 한 말이 아니었다. 그저 오빠가 줄넘기부터라도 잠깐씩 하길 바라고 했던 말이었다. 그런데 순순히 하겠다니 놀랄 수밖에.

"그럼 오늘 일요일인데 당장 배드민턴이라도 칠까?"

"방학 때부터 할 거예요. 얼마 안 남았잖아?"

오빠가 아빠의 제안을 거절했다.

"그래. 처음부터 무리하진 말고 방학 때부터라도 시작하면 돼."

"알았다고!"

대견해서 거드는 엄마를 보기가 쑥스러웠던지 오빠가 가볍게 짜증을 냈다.

"참! 너 혹시 한수오라는 애 아니?"

엄마가 사과를 깎으며 말머리를 돌렸다.

"우리 반인데 엄마가 수오를 어떻게 알아요? 수오가 말기 암이래요?"

엄마가 말기 암 환자들을 돕는 일을 한다는 걸 떠올린 오빠의 얼굴이 어두워졌다.

"아냐. 걔네 아빠가 암 환자였지. 근데 목요일에 돌아가셨대. 엄마가 봉사 가는 병원에 좀 있었는데 어제 호스피스 활동 갔다가 들었어. 병원에서 간단하게 장례식을 했거든."

"무슨 암인데?"

"누구한테 들었어?"

오빠랑 내가 동시에 물었다. 처음 듣는 소식에 깜짝 놀랐다.

"간암이었대. 술을 워낙 많이 마셨대. 술만 마시면 애를 때릴 정도로 주정이 심했다나 봐. 얼마나 힘들었으면 걔네 엄마는 예전에 도망을 갔다더라."

"행동은 개차반이었지만 인간적으로는 불쌍한 사람이구만. 쯧쯧."

엄마의 말을 듣던 아빠가 씁쓸하다는 듯 혀를 찼다.

"엄마가 그걸 어떻게 알아?"

"호스피스 활동 가서 알게 된 분이 그러더라. 지역아동센터장이라던데 걔 아빠 장례식을 그분이 다 챙기더라. 거동이 불편한 할머니랑 걔만 남았는데 걔도 뇌종양으로 수술했다며? 애도 참 착했다던데…… 딱해라."

엄마가 안타까워했다. 나도 모르게 고개만 끄덕였다.

한수오가 착하다는 말에 고개를 끄덕인 건 아니었다. 내가 아는 한수오는 결코 착하지 않았다. 어른들 앞에서는 어떻게 행동했는지 모르겠지만 내가 본 한수오는 조금도 착한 면이 없었다. 오빠한테 좋은 친구가 되지도 않았다.

엄마의 말이 사실이라면 딱한 건 맞다. 엄마도 없이 아빠의 술주정을 견뎠다니 얼마나 힘들었을까, 불쌍하다는 생각은 들었다.

"그럼, 한수오는 자기 아빠가 돌아가신 것도 모르겠다."

오빠의 표정이 몹시 슬퍼보였다.

"일부러 말 안 했대. 걔가 평소에도 아동센터에서 지내는 걸 좋아했대. 할머니 때문에 저녁에는 돌아갔지만 집에 가는 걸 제일 싫어했다니까 뭐, 굳이 지금 알려줄 건 없지."

"이래저래 불쌍한 가족이다. 휴~."

아빠가 한숨을 쉬었다.

"그러게 말이야. 할머니는 몸이 불편해서 장례식장에도 못 오고, 어린 아들은 수술을 해서 못 오는 데다 친구도 별로 없었는지 빈소가 그렇게 쓸쓸할 수가 없더라. 그래도 걔 수술이 잘 되었고, 빠르게 회복 중이라 곧 퇴원한다니 얼마나 다행이니? 자, 먹어라."

아빠의 말에 맞장구를 친 엄마가 뽀얀 속살이 드러난 사과를 가지런하게 잘라서 내밀었다. 나는 사과 한쪽을 집으며 생각에 잠겼다.

한수오가 곧 퇴원을 한단다. 내가 뒤집어쓸 뻔했던 일은 잊어도 될 것 같았다. 그렇지만 퇴원 후가 문제다.

'혹시 아빠가 죽은 화풀이까지 나한테 하는 거 아냐?'

'뭐, 아빨 싫어했다니까 그런 억지까지는 안 쓰겠지?'

내 마음은 다시 복작거렸다.

어쨌거나 한동안은 조용할 것 같긴 하다. 정상적인 활동이 힘들 거라니까 말이다. 몸이 완전히 회복될 때까지는 괴롭히지 못할 걸 생각하니 마음이 놓이기도 하고, 그런 한수오가 딱하기도 했다.

'그렇지만 다 나으면 어쩌지?'

한수오가 마냥 빨리 낫기를 바랄 수만은 없다는 생각에 다시 짜증이 치밀었다.

'못된 생각들까지 종양 덩어리와 함께 빠져나왔기만 바라야지, 뭐.'

걱정한다고 해결된 문제가 아니었다. 일단 오빠가 졸업할 때까지는 별일이 없을 것 같았다. 그때까지만이라도 마음 편하게 지낼 수 있을 것 같아 내심 기뻤다.

"나 배불러."

오빠는 사과는 거들떠보지도 않고 일어섰다.

오빠가 주방을 나간 뒤 어떡할까, 잠시 생각 끝에 나도 일어났다. 과일 먹을 기분이 아니었다.

"여보, 지현이 사춘기 끝난 거 같지?"

나지막한 엄마의 말이 아주 조심스러웠다.

"그래도 언제 터질지 몰라. 남자는 평생 사춘기거든."

"하긴, 당신만 봐도 그래."

"허참! 이 사람 보게. 나 같은 남자가 어딨다고."

엄마랑 아빠가 소곤거리는 소리를 들으며 거실로 나왔다.

거실 장식장 앞에 오빠가 서 있었다. 프라모델들에 눈을 꽂은 채였다. 장식장을 가득 채운 프라모델들은 하나같이 전사의 모습이었다. 용맹하고 건장해 보이는 프라모델들. 오빠도 어쩌면 프라모델들처럼 용맹한 전사를 꿈꾸었을지도 모른다.

그런데 작은 몸집의 오빠 옆에서 무심코 보자니 프라모델들은 모두가 슬퍼 보였다. 새삼 생명력이 없는 조립용 로봇일 뿐, 기운도 없어 보였다. 오빠의 모습 같아 마음이 편치 않았다.

"푸우~."

한숨을 쉬면서 돌아섰다.

방으로 들어서니 숙제하다 만 공책과 필기도구들이 책상 위에 어질러져 있었다. 머릿속까지 어질러진 것 같았다. 천천히 책상을 정리하기 시작했다. 어지럽게 흩어 놓은 책부터 책꽂이에 정리했다. 높이가 다른 책들이 섞여 있는 칸도 있었다. 그런 책들도 높이에 맞게 가지런히 다시 꽂았다.

책꽂이를 정리하는데 책 뒤쪽으로 밀어 넣었던 지팡이가 딸려 나왔다.

"오, 지팡이. 암만 봐도 더럽네."

혼자서 중얼거리며 지팡이를 책상에 내려놓았다. 버릴 생각이었다.

카톡! 카톡!

휴대폰이 까불거리며 소리쳤다. 광고 메시지였다. 아무한테나 보내는 광고 메시지가 짜증스러웠다. 나가기를 눌러서 메시지를 지웠다.

책꽂이 정리를 하던 중이란 걸 잠시 잊은 채 침대에 앉았다. 휴대폰의 갤러리를 열었다. 학예회 때 찍은 사진들이 꽤 많았다. 산 지 얼마 되지 않은 전화기여서 최근에 찍은 사진들뿐이었다.

"야, 정수현!"

"깜짝이야! 제발 노크 좀 해. 아유~ 이젠 방문을 아예 잠그든지 해야지, 도무지 사생활 보장이 안 돼!"

"사생활 좋아하시네. 너 이상한 거 보던 중이었지? 폰 바꾸더니 이상한 거 다

운 받은 거 아냐?"

오빠가 내 핸드폰을 빼앗으려고 했다.

"내가 너냐? 왜 이러셔, 또? 비켜!"

핸드폰을 빼앗기지 않으려고 몸을 일으켰다. 침대 옆에 서 있던 오빠가 나를 피하려다가 제풀에 넘어졌다.

다시 책상 정리나 하려던 나는 움찔했다.

"윽! 너 이제 오빠 치는 거 맛 들였냐? 근데 이건 뭐야?"

오빠가 책상 한쪽에 내려놓았던 지팡이를 집어 들었다.

"이리 내. 그거 마법 지팡이야."

"마법 지팡이 좋아하시네. 어디서 다 썩은 나무토막을 주워 와서는……."

오빠는 지팡이를 이리저리 휘둘렀다.

"왜 이래, 또! 내놔."

오빠의 팔을 꽉 잡았다. 오빠는 꼼짝을 못 했다. 힘이 정말 없었다.

생각해 보니 오빠를 겁냈던 적은 없었다. 오빠가 나한테 주먹질을 하면서 강샘 부리는 건 할머니가 있을 때 유독 심했다. 엄마가 있을 때는 강도가 덜했다. 그저 툭툭 치는 게 고작이었다. 그것이 성가시고 싫었을 뿐 크게 아프지는 않았다. 그래서 피했을 뿐이었는데 오빠는 내가 저를 겁낸 줄 알았던 모양이었다.

"야야! 이거 안 놔? 아프단 말이야."

꼼짝 못 하는 오빠한테서 지팡이를 빼앗았다.

"너 이걸로 날 때릴 생각이었지?"

내가 오빠 코앞에다 지팡이를 들이밀었다.

"어어어? 어, 엄마!"

오빠가 뒷걸음질을 치면서 엄마를 불렀다.

"왜들 그러니, 또?"

방문이 열려 있었던지 어느새 엄마가 앞치마에 손을 닦으며 달려왔다.

"저게 나를 때리려고 했어. 저 나무 막대기로."

오빠가 나를 가리켰다. 엄마의 눈이 휘둥그레졌다.

"너, 정말이야?"

"내가 언제?"

억울해진 나도 눈을 동그랗게 떴다.

"그럼 손에 든 그건 뭐야?"

"이건…… 여, 연극할 때 썼던 소품이야. 학예회 때 썼던 마법의 지팡이……."

굳이 거짓말을 할 필요도 없었는데 급한 마음에 또 거짓말을 둘러댔다.

"그거였어?"

오빠가 알았다는 듯 고개를 끄덕거렸다.

"그랬으면 버리지 여태 그걸 왜 가지고 있어?"

"지금 방 정리하는 중이었어. 근데 이게 나와서 버리려고 둔 걸 오빠가 들고 마구 휘두르길래 뺏었을 뿐이야."

사실을 말하면서도 신경이 쓰였다.

"저, 저게 또 거짓말하네."

"아무튼 요즘 너희가 덜 싸워서 이제 철들었나 싶었더니 남매 전쟁 다시 시작한 거야?"

오빠가 말을 더듬자 엄마가 손을 내밀었다. 지팡이를 내놓으라는 시늉을 했다.

"거, 걱정 마. 내가 버릴 거니까."

지팡이를 슬그머니 등 뒤로 감추었다.

"아싸!"

오빠가 잽싸게 지팡이를 뺏었다. 그리고는 혀를 날름거리며 지팡이를 내

눈앞에다 대고 뱅글뱅글 돌려 댔다.

나는 오빠를 노려보았다. 크게 아까울 것도 없었지만 분했다.

"너도 이리 내. 아유, 더러워라."

엄마가 지팡이 끄트머리만 살짝 집어 든 채 오만상을 찡그렸다.

"아, 엄마. 그거 줘 보라고!"

"뭘 줘? 버릴 건데. 그나저나 니들! 제발 좀 사이좋게 지내라."

지팡이를 가로채려는 오빠를 피하려다가 엄마의 손에서 지팡이가 튕겨나갔다. 지팡이는 침대 쪽 벽에 부딪쳤다. 그런 다음 침대 모서리를 한 번 더 맞히고 다시 튕겼다. 바닥에 떨어진 지팡이는 두 동강이 나고 말았다.

"내가 못살아. 쉬는 날마다 무슨 소동이냐고. 넌 나가서 당장 운동이나 시작하고 수현인 이거 다 쓸어다 버려라!"

엄마가 화를 내며 오빠를 방 밖으로 밀고 나갔다.

"딸, 속 상해하지 말기~. 방 치우기 거들어 줄까?"

방 밖에서 지켜보던 아빠가 목소리를 한껏 낮추었다.

"괜찮아요. 혼자 치우는 게 맘 편해."

"오케이~. 딸, 사랑해."

아빠가 손가락 두 개로 하트를 만들어 보였다.

"칫, 지팡이가 어쨌다고……."

두 동강이가 난 지팡이를 보니 괜히 아쉽고 아까웠다.

부러진 지팡이를 맞춰 보았다. 부러지는 바람에 뜯어진 건지 손잡이 쪽에 붙었던 테이프가 너덜거렸다. 테이프를 살짝 당겨 보았다.

"뭘 적어 놓은 거지?"

테이프 안쪽에 붙은 종이에 작은 글씨가 적혀 있었다.

★소원 지팡이 사용법★

1. 딱딱한 곳에 세 번을 두드리시오.

2. 소원을 말하시오.

3. 단, 한 사람에게 한 가지 소원만 들어주므로 잘 생각해서 말하시오.

"소원 지팡이? 지, 진짜 마, 마법 지팡이잖아? 맞네. 마법 지팡이……."

부러진 지팡이가 새삼 너무 아까웠다.

마법의 지팡이를 줍게 된다면
여러분은 무슨 소원을 빌고 싶나요?

푸른사상 동화선 09

마법의 지팡이

장세련 글·박다솜 그림